豪華客船で
血の誓約を

豪華《ごうか》客船《きゃくせん》で血《ち》の誓約《せいやく》を

妃川《ひめかわ》螢《ほたる》

ILLUSTRATION：蓮川《はすかわ》愛《あい》

豪華客船で血の誓約を

LYNX ROMANCE

CONTENTS

豪華客船で
血の誓約を

プロローグ

冷たい雨の降る夜だった。

暗い石畳の歩道。

足元に流れる雨水の色が違うことに気づいたのは、薄暗い街灯に照らされたため。雨に靴が濡れるのを気にしながら歩いていたためだ。

――赤……血？

雨水が流れるなかに見た赤い色。

薄暗い路地の奥から、赤い色の混じった雨水が流れてくる。

そこにうずくまる影を見た。

暗闇にアイスブルーの眼光が光る。そのあとで、雨に濡れて色味を濃くした金髪に気づいた。

餓《う》えた獣のようだと思った。

手負いの野生の獣が、低く唸《うな》りながらこちらをうかがっている。

だが、アイスブルーの瞳の主は、獅子《しし》でも豹《ひょう》でもなかった。まだ若い、男だった。

考えるより早く、身体が反応していた。駆け寄って、傷をたしかめようとしたのだ。

その手を男に止められた。

「かかわるな」

低い声は掠《かす》れて、けれど弾《はじ》かれたかのように手を止めるには充分な鋭さを孕《はら》んでいた。けれど、反射的に手を止めはしたものの、その言葉には従わなかった。

脇腹に刺傷。出血が多い。

「ひどい出血……救急車を……」

呟《つぶや》きを拒絶するかに、男が麻人《あさと》の手を払った。氷のような冷たさが、状態の悪さを物語っていた。

「やめろ。早く行け。でないと……」

皆まで言うまえに、男は意識を失った。

かかわらないほうがいい。そんなことはわかっていた。

ここは日本ではない。留学先のイタリアだ。治安の悪さは日本とは比べようもない。闇の組織の存在が、まことしやかに噂される土地だ。

それでも、放っておけなかった。

本当の悪人なら、「かかわるな」なんて言わない。

自分より一回り以上大柄な男を、ほんの五百メートル先のアパートに運び込むのは、想像以上の困難だった。それでも、人を呼ぼうとは思わなかった。男は救急車を拒否した。その意味を考えれば、病院には連れていけなかった。

難儀しながら自分のアパートに運び込んで、元医学部の知識を総動員して、傷を治療した。刺し傷が内臓に達していなかったのが幸いだった。

金の髪にアイスブルーの瞳をした、危険の匂いを纏《まと》った男は、クリスと名乗った。

麻人より片手ほど年上に見えたが、実際のところはわからない。名前以上のことは尋ねなかった。麻人も、名前と日本人留学生であること以外、話さなかったし、訊《き》かれなかった。

「物好きだな」と呆《あき》れられた。危険を承知で助けるなど、愚かの極みだと笑われた。

「お人好《ひとよ》しのギャングに言われたくない」

危険の匂いをプンプンさせておきながら、「かかわるな」などと、本当のワルなら言わない。怯《ひる》むことなく言葉を返す麻人を、クリスは「おもしろいやつ」だと評した。

手負いの獣を保護したつもりで、ちょっとだけ、ほんの短い時間、危険の香りに身をゆだねるつもりしかなかった。

異国の地の乾いた空気が、そんな気まぐれをおこさせたに違いない。

本当にギャングなのか、それ以上の闇を背負う存在なのか、気にならないわけではなかったけれど、正直どうでもよかった。

そのどちらでもなくても、ただ行き過ぎるだけの存在にすぎない。明日にもふらりといなくなるかもしれない男の素性をあれこれ詮索したところで、なんの意味があるとも思えなかった。

だが、唐突にはじまった同居生活は、思いがけず長くつづくことになった。

長いといっても、結果的にほんの三週間ほどのことだ。それでも一日二日、長くても一週間もあれば傷が癒えて出ていくだろうと、助けた当初考えていたのに比べれば、充分に長い時間といえる。

鍛えられた肉体をした男は、三日過ぎたころにはベッドを出て室内を自由に歩くようになり、一週間も経《た》ったころには、まるでずっと一緒に暮らしているルームメイトであるかのように、寛《くつろ》いだ様子で過ごすようになった。

麻人も、ごく自然とクリスの存在を受け入れた。

もう十年も昔からの友のような気持ちで接した。

周囲に秘密の同居人のような感覚で接していたはずだったのに、一線を越えたのも、ごく自然のなりゆきだった。

麻人には、そういう嗜好《しこう》はなかった。それまでは、同性に興味を持ったことすらなかった。

なのに、力強い腕に抱きしめられたとき、多少の躊躇《ためら》いはあったものの、誘われるままに身をゆだねていた。クリスの放つ、危険の香りに酔っていたのかもしれない。アイスブルーの瞳の誘惑に、抗《あらが》えなかった。

それからの半月あまりは、まるでロマンス小説の一場面のような蜜月だった。

口づけて抱き合って、ただそれだけ。一日中ベッドの上で過ごすこともあった。大学に行くのも億《おっ》劫《くう》に感じるほどに、濃密な時間だった。

本能のままに求め合いながらも、感情を言葉にすることはなかった。愛していると、言ったこともなければ、言われたこともなかった。

かといって、ただ肉体の飢えを満たすためだけのドライな関係だと、割り切る言葉を口にするわけでもなかった。

恋人同士のように口づけ、身体を繋《つな》ぎ、けれど関係に名前をつけることはしない。

長くはつづかないと、互いにわかっていたからかもしれない。

長くつづけるために必要なことを、口にするのを怖がって、結局終わりは突然にやってきた。

四週目に入ったその日、大学から帰宅した麻人を出迎えたのは、がらんとした、冷えた部屋だった。

見慣れた空間が、まったく違ったものに見えた。

そのときはじめて、自分が本気の恋をしていたことに気づいた。

危険の香りに誘われたのでも、雰囲気に流されたわけでもない。あの夜、手負いの男の強い瞳に、一瞬にして捕らわれた。ただそれだけのことだった。

今朝まで抱き合っていたシーツは、とうに冷えきっていた。男のいた痕跡ひとつ、部屋には残されていなかった。

自分は夢を見ていたのだろうかと、疑りたくなるほどに、男は己の痕跡を消し去って、麻人の前から姿を消した。

ベッド脇に茫然《ぼうぜん》と佇《たたず》んで、頬を伝う涙の熱さに唇を噛《か》んだ。

約束をねだればよかったのだろうか。ファミリーネームを教えてと縋ればよかったのだろうか。

いや、違う。どうしたところで、突然の別れは訪れた。それは確信だった。

アイスブルーの瞳の奥には、たしかに闇があった。

それは、一学生でしかない麻人には、触れることのかなわない闇だった。触れてはならない闇だった。

覚悟なくして、触れることの許されない闇だった。

たった三週間。

それでも、一生に一度の、本気の恋だった。

一晩中泣いて、それでも涙は止まらなくて、人はこれほどに泣けるのかと、しまいには可笑《おか》しくなった。気が触れたかに嗤《わら》った。泣きながら嗤った。


放蕩《ほうとう》の果てに、闇に染まった。

家を捨て、家族を捨て、血の繋がりを捨てて、在野に下ったはずが、結局は血に縛られることを選んだ。

半分血の繋がった弟が生まれたときに、妾腹《しょうふく》の自分は家に居場所を失った。名家にお家騒動はつきものだが、面倒に身を投じる気にはなれなかった。

己の存在を消すことが、家にとっての最善だと判断した。その結果の出奔だった。二度と、家に戻る気はなかった。

この手を罪に染めることを厭《いと》わなかった。

噎《む》せるような血の匂いを知って、闇の洗礼を受け、闇を統べる組織の一員となった。

ただ生きるのに必死だった。敗北は死を意味した。生きるために勝利した。何事においても。そうして、片手ほどの年月は瞬く間に過ぎた。

少年が青年になるころには、アイスブルーの瞳は血濡れの闇に染まっていた。もう片手ほどの年月が積み重なったころには、闇の世界でその名を轟《とどろ》かすほどになっていた。

生を摑《つか》み取り、死の影を薙《な》ぎ払う。己の器量のみを武器に闇の世界を生き抜いて、若くして組織を率いるまでになった。

そんな日々のなかで、慢心が招いた油断だった。

チンピラ風情に傷を負わされ、冷たい雨のなか、組織の人間たちと引き離された。

雨音にかき消されがちな足音が近づいてくることには気づいていた。だが、動けなかった。

追手ではないと、足音からわかっていた。一般人なら、気づかず行き過ぎてくれればいいと息をひそめた。

雨水に流される血に気づいて足を止めた痩身の主が、さしていた傘の向こうから顔を覗《のぞ》かせ、自分に気づいて榛色《はしばみ》の瞳を見開いた。

白い顔に残る幼さとはうらはらに、怖いもの知らずな少年……いや、青年だった。一目でアジア系とわかったが、つぶらな大きな瞳が印象的だった。

巻き込むわけにはいかないと思った。

闇に染めてはいけない。

それはわかっていたのに、伸ばされた白い手の温かさに心が揺らいだ。傷の治療をする懸命な横顔の美しさに目を奪われた。

ひととき、己が何者であるかを、忘れておだやかな時間を過ごした。

今だけ……今日だけ……らしくない言い訳を胸中で繰り返しているうちに、時間だけが積み重なった。

いけないとわかっていて、手を伸ばさずにいられなかった。

驚いた顔をしながらも、青年は拒絶しなかった。己の反応に、驚いているようですらあった。

甘い言葉で縛りつけ、闇に染めるのは容易《たやす》かった。けれど、それだけはしてはならない。どれほど欲しても、許されないことだと己に言い聞かせた。

口づけて、無意識にも「愛している」と言葉にしてしまいそうになって、限界だと察した。

闇に染める覚悟がないのなら、去るよりほかかない。

己の痕跡を綺麗《きれい》に消し去って、部屋を出た。願わくば、青年のなかに己の存在が拭えない傷として残らなければいい。

うらはら、青年の裡《うち》に生涯残る傷痕を刻みつけた自覚があった。白く美しいものを闇に染める恍惚《こうこつ》は、己が闇に属するがゆえの愉悦にほかならない。

そんなものの犠牲に、させられるはずもなかった。そんなことを思って自嘲する、己の裡にこそ深く抉《えぐ》られた傷痕がある。

1

昨今注目を集める豪華客船の旅にも、もちろんランクがある。客室を含めたプランのランクはもちろんのこと、船そのものにもカジュアルからラグジュアリーまで区別があって、世界的に有名な女王の名を持つ豪華客船が最高峰として知られている。

乗客定員二千名超、乗組員だけでも九百名に上る、全長三百メートル近い巨大客船は、もはやひとつの島が動いているようですらある。それだけに、船内にはありとあらゆる施設が置かれ、船の長旅を飽きさせない工夫がなされている。

船長を最高責任者とする運航部門のほか、乗客へのサービスを担当するホテル部門など、当然のことながら医師や看護師も乗船している。九百名ともなれば、乗組員同士の面識など一部を除いてあるはずもない。

だからこそ、パーサーとして乗船することは、決して難しくない第一関門だった。

小城島《おぎしま》麻人は、着慣れない制服の襟元を整え、背筋をただす。肩と袖口に金飾のついたスーツは、船員のそれを思わせる。ホテル部門に属するアシスタントパーサーの制服だ。

この日のために、協力機関においてパーサーとしての研修を受けた。決して付け焼刃ではない、本気の研修だ。でなければ、潜入捜査には耐えられない。

「今日からお世話になります、小城島です」

よろしくお願いします、と同僚にあいさつをしてまわる。豪華客船の旅は長い。客だけでなく、乗組員も途中の寄港地で入れ替わることがままある。新顔が乗り込んでくることは珍しくなく、同僚たちも「よろしく」と、にこやかに迎えてくれた。

「日本人だね」

「ええ」

「イタリアへようこそ！」

船の上は船籍を置く国の法律が適用されることになる。今回麻人が船員として乗り込んだ《アドリアクイーン号》はイタリア船籍のラグジュアリー客船だ。

「イタリア語うまいねぇ」

「留学してたことがあるんです」

言葉に困らないことが、今回の任務に麻人が抜擢された理由のひとつだ。

船は世界一周クルーズの途中、麻人が乗り込んだ寄港地はシドニー。ここから横浜《よこはま》までの二十日あまりで、目的を達しなければならない。横浜に着いたら、何食わぬ顔で下船する予定だ。勤務期間としては短いが、理由はなんとでも言える。

「これまでも船に乗っていたのかい？」

別のパーサーが話しかけてくる。

「いいえ、以前は東京《とうきょう》のホテルに勤務していたんです」

なめらかに嘘八百を紡ぐ。

それぐらい厚顔でなければ、麻薬取締官など務まらない。

小城島麻人が豪華客船に乗り込んだのは、薬物売買に絡む潜入捜査のため。麻人は、厚生労働省地方厚生局麻薬取締部に所属する、通称マトリ――麻薬取締官なのだ。


麻薬取締官は、薬物に関する六つの法律に関して、刑事訴訟法に基づく特別司法警察員としての職務を行う。警察官ではないが、逮捕権を持ち、拳銃の所持も許可されている。

六つというのは、『麻薬及び向精神薬取締法』『あへん法』『大麻取締法』『覚せい剤取締法』『国際的な協力の下に規制薬物に係る不正行為を助長する行為等の防止を図るための麻薬及び向精神薬取締法等の特例等に関する法律（麻薬特例法）』『医薬品、医療機器等の品質、有効性及び安全性の確保等に関する法律』の六つの薬物関係法のことだ。

囮《おとり》捜査が許されているのは、麻薬取締官のみだ。警察にも薬物犯罪を扱う部署があるが、警察には囮捜査は許されていない。

小城島麻人は、一度は医学部に入学したものの、思うところあって薬学部に転科し、卒業後、麻薬取締官になるべく採用試験を受けた。

麻薬取締官になるためには、薬学や法学を専攻した学士であること、といった採用条件があるためだ。医学部ではなく、薬学部を卒業する必要があった。

大学の附属病院で、薬物中毒治療の現場を目にしたことが、転科を決めたきっかけだった。医学部から研究畑に進んで治療方法を模索する手も考えたが、それ以上にまずは取り締まるほうが重要だと思ったのだ。それほどに、薬物被害が蔓延《まんえん》している実情が、今の日本にはある。

逮捕術や射撃などの訓練を受けて、取り締まりの現場に配属された。水際での取り締まりに従事して、囮捜査も何度か経験した。

日本に薬物を持ち込もうとする組織の売人がこの船に乗り込んでいるという情報を得て、捜査に乗り出した。可能ならば日本への持ち込みを阻止、それができなくても売人の情報を得るのが、今回麻人に与えられた任務だ。

船の乗組員として通常業務をこなしながら、密かに捜査を行わなくてはならない。なかなかの激務が予測されるが、これ以上薬物被害を広げないためと思えば、やるしかない。

潜入捜査は、ときに命の危険を伴う。それを承知で任務を受けた。

繊細な印象を持たれる容貌とうらはらの気骨は、生涯を辺境医療に捧げた祖父の血だ。当初、医学部を目指したのも、祖父の影響だった。

結局違う道を歩むことになったが、強い信念は変わらない。危険でも、誰かがやらなくてはならないことだ。


二日ほど港に停泊したのち、世界一周旅行のために、船は予定どおり外海へと出港した。埠頭《ふとう》で見送る人々のなかに麻人の上司の姿もあったはずだが、手を振る余裕などなかった。

ここからはたったひとり、助けてくれる仲間はいない。さほど長くはない航海の間に、目的を果たさなくてはならない。

アシスタントパーサーの主な仕事は、陸地のホテルマンと基本的には変わらない。

新人として潜り込んだ麻人の担当は二等以下の客室だから、とんでもないセレブと接する必要はないものの、それでも接客には気を遣う。

優雅な豪華客船の旅とはいえ、優雅なのは客だけ。バックグラウンドで働くスタッフはそうはいかない。乗船初日から、多忙な一日となった。

思った以上に日本人観光客の姿を見かける。言葉が通じることがわかると、安堵《あんど》の表情で話しかけられることも多い。豪華客船は大きなビルひとつが船に乗っているようなものだから、迷子になる客もいる。

麻人自身、初乗船で船の細部までに通じているわけではない。だがそこは、昨今のハイテク機器が救ってくれる。主要なスタッフには船内情報を引き出すことのできる端末が持たされているし、イヤホンで指示を仰ぐこともできる。

シドニーから乗船した客の部屋への案内を終えて、イヤホンから次の指示を受け、急ぎ船内を移動していたとき、二等の客室には不似合いな、オートクチュールとひと目でわかるワンピースを身に着けた老婦人がきょろきょろとしているのに出くわした。

「マダム？　どうされました？」

大股に歩み寄って、声をかけると、プラチナブロンドの老婦人は、薄いグリーンの瞳を瞬き、困ったような、それでいて気恥ずかし気な表情を浮かべた。

「迷ってしまって……」と、案の定の答え。それがイタリア語であることに気づいて、麻人はとっさに英語からイタリア語に切り替えた。

「どちらへ行かれるのでしょう？　お部屋ですか？」

老婦人が、「あら」という顔をする。「イタリア語もお上手ね」と微笑《ほほえ》んだ。

「ええ、食事に出たのだけれど、部屋に忘れものをしてしまって。ひとりでとりに戻ったら迷ってしまったの」

いつもは夫が前を歩いているから迷わないのだという。「この船にはもう何度も乗っているのに、本当に方向音痴で困るわ」と言うのを聞いて、麻人は胸中で驚きつつも、表面上はにこやかに「広いですからね」と応えた。

このクラスの豪華客船に何度も乗船しているとなると、スイートルームの宿泊客に違いない。部屋番号を尋ねると、思ったとおり、最上級のスイートルームのものだった。

それなら麻人も迷うことなく案内できる。とはいえ、とうの麻人もいまだ足を踏み入れた経験のない区域だ。

この《アドリアクイーン号》には何種類かのスイートルームがあって、同等の最上級クラスであっても、星空を眺められるサンルームのついた部屋や、専用プールのついた部屋など、ひとつとして同じ内装のスイートルームはないのがウリのひとつとなっている。

「ご案内します。どうぞ」

スイートルームの置かれた階には、コンシェルジュデスクのほかにバトラーサービスのカウンターも設置されている。そのどちらかに引き継ぐことになるだろう。あるいは専属のバトラーサービスを受けていることも考えられる。

最短距離で該当フロアへ案内すると、「あらいやだわ、こんなに近かったのね」と老婦人は恥ずかしそうに言った。

エレベーターを降りたところでコンシェルジュデスクを探す。さすがにここまで来れば部屋の場所はわかるのだろう、老婦人は先に立って歩きはじめた。

「お部屋へいらして。チップをお渡しするわ」

「いえ、そのようなお気遣いは……」

海外ではチップの習慣があたりまえだが、日本人にはどうしても慣れない。海外経験の長い麻人でも、その感覚はやはり変わらない。自分がもらう側になればなおのことだ。

「じゃあ、お茶はいかが？　お菓子のほうがいいかしら」

気に入ったスタッフを話し相手にしようという気満々の老婦人の目に、どうやら麻人はそうとう若く映っているようだ。日本人が若く見られるのは常で、留学時代、一番ひどいときにはローティーンに間違われたこともある。

「大変魅力的なお誘いなのですが、まだ勤務中で……」

どうにか老婦人の誘いを断わらなくては……と、言葉を探す。客の機嫌を損ねるわけにはいかないが、かといって受けるわけにもいかない。

「あら、いいじゃないの。私から上の方に言ってあげるわ。私、この船のオーナーと知り合いなの」

悪い人ではないのだろうが、誰もが自分と同じ優雅な生活をしているものと思っている、少々困ったご婦人だ。

ますますご機嫌を損ねるわけにはいかなくなった。オーナーに話がいったりして悪目立ちすると、捜査の支障になりかねない。

そのとき、さてどうしたものか……と、困り果てる麻人を救い出してくれる声が、廊下の奥から届いた。

「マダム？」

甘く響く低い声。だが声の主は、結果的に救いであって救いではなかった。

——……っ!?

鼓膜が拾った声に、麻人は弾かれたように顔を上げていた。まさか……と、目を瞠《みは》る。

——この声……。

記憶に刻まれた声は、短くとも聞き間違いようがない。けれど、まさか、こんな場所で……？

大きな音を立てて鳴った鼓動が、つづいて早鐘を打ちはじめる。

眩暈《めまい》を起こしそうになって、足を踏みしめた。

「あら、signore Silvestri《シニョール・シルヴェストリ》、いいところにいらしたわ」

老婦人がにこやかに応じる。

「おひとりですか？」

いつも夫と一緒なのにと訝《いぶか》る問いかけ。

——Silvestri？　シルヴェストリ伯爵家のことか？

その昔、イタリア南部を治めていた貴族の名だ。麻人は、有名なワインの銘柄として、その名を記憶していた。

だったら、自分の記憶に引っかかる声の主とは別人だ。絶対に違う。けれど……。

激しい動悸《どうき》は収まらない。それどころか、ますます脈動が乱れはじめる。

「お食事に出たのだけれど忘れものをしてしまって、迷っていたらこの方が案内してくださったのよ。この船のスタッフは本当に優秀な方ばかりね」

「ありがとうございます」と声の主が応じる。怪訝《けげん》に感じて眉根を寄せると、「今お話しした、この船のオーナーよ」と、老婦人が声の主を紹介してくれた。

――オーナー？

一スタッフが、船主のことなど知るわけがない。社名と船籍くらいは記憶しているが、オーナー個人の名など……。

それこそ人違いだと、胸中で己に言い聞かせつつ、振り向いた。オーナーを無視するわけにはいかない。

老婦人の傍らに立つ長身の人物に顔を向ける。見上げる角度まで、過去の記憶とピタリ一致した。

麻人の瞳がまず最初に映したのは、豪奢な金髪とアイスブルーの瞳。ゆるり……と、驚きに目を瞠る。

――クリ…ス……？

この十年あまり、消そうとして消しきれないまま、記憶に刻まれた整った相貌が、記憶にあるものとはまるで違う空気を纏ってそこにあった。

アイスブルーの瞳が、わずかに眇《すが》められる。

それだけで、向こうも麻人に気づいたと察した。

とたんに恐怖が襲った。忘れえなかった過去の傷。心の奥底にしまい込んだそれを、掘り起こされたくない。

引き結ばれた唇が開かれるまえに、麻人は一歩引いて、サッと腰を折る。

「はじめまして、アシスタントパーサーとしてシドニーから乗船しました、小城島麻人です」

とっさに「はじめまして」と口にしていた。一スタッフとして、オーナーに礼を尽くす。まったく他人の態度を取り繕った。

アイスブルーの瞳の奥に、鈍い光が過《よぎ》る。それを見なかったことにして、麻人はさらに言葉を継いだ。

「お寛ぎのところ、お騒がせして申し訳ございません」

微笑みは、老婦人に向けた。

「奥さま、では私はこれで失礼いたします」

良い旅を……と、逃げるようにその場に背を向けた。

「あら、可愛《かわい》い子とお茶をしたかったのに、逃げられてしまったわ」

老婦人の残念そうな呟きが追いかけてきたけれど、振り返らなかった。

エレベーターを待つのももどかしく、階段を駆け下りた。人の多いフロアまで来てようやく、歩調をゆるめる。それでも、バクバクと鳴る心臓がうるさくて、周囲の喧騒《けんそう》すら耳に入ってこない。

――クリス……。

あの当時とはまったく雰囲気が違うけれど、間違いない。イタリア留学時代にたった三週間、狭い部屋で蜜月を過ごした相手。ある日、忽然《こつぜん》と消えてそれっきり、二度と会うことのないまま。もう十年の昔のことだ。

客の目のないバックヤードに駆け込んで、麻人は壁に背をあずけ、ずるずるとその場にへたり込んだ。

「どうして……」

オーナー？　そんな馬鹿な……と、胸中でひとりごちる。伯爵家？　それこそもっとありえない。

十年前、麻人が薄暗い路地で出会ったのは、手負いの獣だった。ギラギラとした目をした、ギャングと思《おぼ》しき青年だった。

それがどうして……？

「冗談じゃない」

小さく毒づく。

自分には、麻薬取締官としての任務がある。捜査をしなくてはならないのだ。ほかのことに気をとられている余裕はない。時間的にも精神的にも。だというのに……。

考えなければいい。

一乗組員でしかないアシスタントパーサーと、最上級のスイートルームに宿泊するオーナーとが、顔を合わせる機会などまずないだろう。二十日ほどの航海なら、もう二度と会わないままに、下船することも可能なはずだ。

任務のことだけ考えよう。

自分は麻薬取締官だ。

ゆっくりと腰を上げて、深呼吸をした。大丈夫だと、言い聞かせる。

なにが大丈夫なのか。なぜこんなことを言い聞かせなければならないのか。そもそもどうしてこれほどに動揺しているのか。

答えは単純だ。だからこそ考えないことにした。わかっている。アイスブルーの瞳を見た瞬間に理解できてしまった。だからこそ、認められない。……認めたくない。

今一度深呼吸をして、気持ちを切り替え、仕事に戻る。

上司に呼ばれて出向くと、「お客さまにお届けものをお願いできますか?」と、メモを渡された。

スイートルームのルームナンバーが書かれている。

「私が、ですか?」

担当外ではないか? と疑問を向けると、「日本語のわかる人を、というご要望ですので」と理由が告げられる。つまりは、日本人の客からの依頼、ということだ。

「わかりました」

他国籍の乗組員のなかにも日本語のできるスタッフは何人もいるが、ネイティブでなくては通じないニュアンスもある。

とくにこの船はイタリア船籍だから、船内にも英語以上にイタリア語があふれていて、英語ならまだしも、日本人には馴染《なじ》まないのかもしれない。

仕事は交代制だけれど、こうやって慌ただしくしていると捜査に割ける時間は限られてくるな……と麻人は胸中でひとつ息をつく。過去の傷になどかまっていられる余裕はない。忙しくしていればいい。考える暇もなくなる。

だが、そうそう何もかも、思うように運ぶはずもない。

託された袋を手に尋ねあてた客室が、数あるスイートルームのなかでも、ベッドルームのガラス張りの天井から満天の星空が眺められることがウリの、一等広い客室であることに気づいた時点で、嫌な予感はしていた。

ノックしたドアを開けたのは、強面《こわもて》の大男だった。ブルネットの髪に緑眼。どこからどう見ても、日本人には見えない。

室内に足を踏み入れるのを躊躇っていると、「こちらへ」と慇懃《いんぎん》に促される。従うよりほかなかった。

「失礼します」と進んだ先、とても船のなかとは思えぬ広さのリビングのソファに、こんな茶番を仕掛けた張本人が悠然と腰を下ろしていた。悪びれる様子もなく、デミタスカップを口に運んでいる。

室内には、エスプレッソの香りが満ちている。過去の記憶を呼び起こされる香りだ。イタリア留学中に、毎日嗅いでいた香り。

「ご依頼のものをお届けにまいりました」

極力平静を装ったが、声がかたくなるのはどうしようもなかった。どうぞ、と上司に託されたものを差し出す。なかみはわからないが、さして重くないものだ。

それを受け取りもせず、麻人を呼び出したこの部屋の……いや、この船の主《あるじ》は、手にしていたカップをソーサーに戻し、「座りたまえ」と向かいのソファへと麻人を促した。

「……仕事中ですので」

短い言葉で拒否する。

「その、仕事の話をしよう」

「どういうことですか？」

どういう意味だと怪訝に眉根を寄せる。大きなソファで優雅に長い脚を組む金髪碧眼《へきがん》の美丈夫は、麻人の不機嫌顔程度に怯みもしない。

オートクチュールと思しき上質なスーツも、宝飾品レベルのタイピンとカフスも、有名ブランドの特注品だろう精巧なつくりの腕時計も、麻人の記憶にはないものだ。雨の夜、路地裏で拾った手負いの獣には繋がらない。

だがたしかに、荒っぽさを滲《にじ》ませながらも下品さはなかった。育ちの良さが言動の端々からうかがえた。だから、生まれたときからのワルではないのだろうと、当時は考えていた。けれどよもや、伯爵家の名を戴《いただ》くような人物だとは、考えもしなかった。

胸ポケットから折りたたんだ一枚の書類を取り出し、広げてローテーブルへ。麻人に確認するように促してくる。

「転属辞令だ。きみにはバトラー部門に異動してもらう。私の専属だ」

——……っ!?

あまりのことに、目を瞠る。思わず言葉に詰まった。

「……っ、私はアシスタントパーサーとして雇われました。バトラーの研修など受けておりません。お断りします」

早口に返す。

どうして今さら自分にかまうのか……と、批難を滲ませたつもりだった。アイスブルーの瞳を毅然《きぜん》と見返す。逸《そ》らされることのない氷碧の瞳は、過去の記憶にあるものと変わらない。

「麻人」

「……」

意図をもって呼ばれた名には応えなかった。

かわりに、要件だけを短く告げる。

「異動の話はお断りします」

失礼します、と腰を追って踵《きびす》を返す。

「麻人」

ふいに耳元で低い声がした。先のものより、もっと甘い声だ。

「……っ！」

息を呑《の》んだのは、否応《いやおう》なしに過去を呼び覚まされたため。

後ろから腰にまわされる腕、耳朶《じだ》に囁《ささや》く甘い声、髪に触れる唇。背中に触れる厚い胸板の感触は、上質なスーツの生地を通しても伝わる。

腰を抱く腕をはがそうと試みるも、すでに腕に力が入らなくなっている。

「お放しください、オーナー」

努めて冷静に言った。

だが、腕の拘束はゆるまない。

「麻人」

今さらどうして……っ！　という反発の感情が沸点に達した。

「……っ、やめろ！」

腰にまわされた腕を乱暴に振り払い、距離をとる。

だが、部屋のドアを開けるまえに、ドアノブを掴んだ手に、大きな手を重ねられる。あきらめ悪くノブをまわしたら、鍵がかけられていた。いつの間にか、ドアを開けた強面の男の姿もない。

鍵を開けようとする手をとられ、身体を反転させられる。ドアを背に、囲い込まれた。

鼻先を突き付け合う恰好《かっこう》で睨《にら》み合う。

いや、睨み据えているのは麻人だけで、横暴を働く男は余裕の表情。自分をいったいどうしようというのか。

「クリスティアーノ・ジェラルド・デ・シルヴェストリ、それが私の本当の名だ」

聞きたくない。

「私はあなたなど知らない！」

何も言わずに忽然と消えた男が、いまさら何を言うのか。

「十年前、ローマで出会った。きみは薬学部に通う学生で、私は――」

「知らない！」

麻人が助けたのは、クリスと名乗った男だ。それ以上でも以下でもない。クリスティアーノなどという男など、過去の記憶にはない。

あくまでも拒絶しようとする麻人に、クリスティアーノはひとつ嘆息した。そして言葉を継ぐ。

「何も言わずに出ていったのは悪かったと思っている。だがあのときはああする以外になかった。私は――」

「興味ありません」

皆まで言わせずに遮る。

あのときクリスが突然姿を消した理由など、いまさらどうでもいい。蜜月はたったの三週間で終わ

った。一方的に。残された事実はそれだけだ。

「きみはなぜ船になど乗っている？」

クリスティアーノが質問を変える。それこそ答えられるわけがない。

薬学部を卒業した人間が、豪華客船で何をしているのかと言いたいのだ。薬剤師として乗り込んでいるわけではないことは、制服を見ればわかる。

「あなたには関係のないことです」

薬学部を卒業した人間が、アシスタントパーサーをしていて悪い道理はない。妙な勘繰りをされたくない。

麻人のかたくなな態度に業を煮やしたのか、クリスティアーノが腕の囲いを解く。だが、解放してくれる気になったわけではなかった。

「着替えたまえ」

意味をはかりかねて眉根を寄せる。クリスティアーノの視線は、麻人が届けた荷物に注がれている。

「それは、きみのための制服だ。もう異動の辞令は発布されている。嫌なら船を下りてもらうことになる」

急遽《きゅうきょ》そろえさせたバトラー部門の制服だという。それをわざわざ麻人本人に持たせるあたりに、作為を感じる。

「横暴です」

「なんとでも。この船のオーナーは私だ」

船を下ろされるわけにはいかない。麻人には、任務がある。日本の港に薬物の売人を上陸させるわけにはいかないのだ。

売買のために大量の薬物を所持している可能性も、事前の捜査で疑われている。持ち込まれて暴力団や密売組織などに売りさばかれでもしたら、水際の取り締まりの意味がない。

「……わかりました」

ひとまずここは、クリスティアーノの要望に従うことにした。過去の傷には、自分が目を瞑ればいいだけのことだ。

それ以上に、任務の遂行に有利か不利かを考えなくてはならない。

潜入捜査官として、クリスティアーノの傍《そば》にあることは、水面下の捜査に有利と麻人は判断した。アシスタントパーサーの身分では出入りできない区域にいても怪しまれることがない。そしてたぶん、アシスタントパーサーよりも時間の自由が利く。

「で、あなたの目の前でストリップしてみせろと?」

この場で着替えろというのか?　とぞんざいに返す。「自由に使いたまえ」と案内されたのは、スイートルームのサブベッドルームだった。サブといっても、二等客室以上の広さがある。

今朝袖を通したばかりの新品のアシスタントパーサーの制服を脱ぎ、バトラーの制服に着替える。ジャケットの袖口の金飾と肩の飾りがアシスタントパーサーのものより派手で、船員の制服のイメージ──マリンテイストをより濃く取り入れているデザインだ。

襟元を整え、ベッドルームを出る。

クリスティアーノは、先ほどのソファで湯気を立てるデミタスカップを手に待っていた。どこかへ消えていた強面の男が戻っていて、ソファの背後に静かに控えている。新しいエスプレッソを淹《い》れに出ていたのかもしれない。

「これでご満足ですか？」

長い脚を組む男の前に立って、見上げるアイスブルーの瞳を見やる。

「よく似合っている」

歯の浮くセリフを平然と口にする。過去の記憶のなかでもそうだった。慣れない麻人はいつも赤面させられて、そして甘い言葉に流された。

しばし無言で見つめ合った。

短い間に、ともに同じ記憶を呼び起こしているのがわかった。

感情が過去に引きずられる。

両手を強く握って、奥歯を噛みしめる。

過去など関係ない。今は、利用できるものは利用するだけだ。

「私は何をすればよろしいのでしょうか？」

バトラーの仕事など知らない。不手際があったところで、こちらの責任ではない。それでもかまわないのだろう？　と、言外に含ませた。

「仕事はバルトに聞くといい」

強面の男が進み出る。「バルトロメオ・レンツィです」と自己紹介したあと、「まずはエスプレッソを淹れてください」とつづける。

「不味《まず》ければやり直しです」

テストをすると言われて、麻人は忌々しさを噛みしめる。

「麻人の淹れるエスプレッソが世界一だ」などと、歯の浮くセリフを平然とのたまっていた男の顔が記憶の底から呼び覚まされた。

2

麻人の海外生活は、中学時代に経験したアメリカ留学をきっかけに、高校時代にイギリス、そして大学では、薬物汚染の現場を目にして医学部から薬学部に転科を決めたとき、のちのちのことを考えて海外で学ぶことを選び、イタリアへ渡った。

卒業後は麻薬取締官になると、このときすでに心に決めていたからだ。薬物は海外から持ち込まれる。海外経験は、かならず役に立つはずだと学生ながらに考えたのだ。

それがイタリアだったのは、本当にたまたまとしかいえない。ローマ市内にあるイタリア一の歴史を持つと言われる名門大学で学べることになった。

医学部時代の教授のなかに、推薦してくれる人がいたのが一番大きな理由だったが、かといって絶対の理由でもなかった。

これまでの留学経験がいずれも英語圏であったために、別の言語で学ぼうと考えたのもある。

ただ単純に、イタリアという国に興味があったのも否めない。

美食と芸術の国、ローマ文明と世界遺産の国、そしてマフィアの国。映画で観た世界への憧憬のようなものも、たしかにあった。

　英語がほぼネイティブに話せるとはいっても、専門用語ばかりの授業についていくのは大変だったが、麻人の大学生活は充実していた。目標があって勉強しているのだから当然だ。

　けれど、留学して一年も経つころになると、イタリアでの生活にも慣れ、充実した日々にも退屈を感じはじめる。

　そんなある日のことだった。

　日本語教師のアルバイト先からの帰り道、乾燥気候の地中海地方には珍しく雨に降られた。妙に肌寒さを感じる夜だった。

　時間は深夜近かった。アルバイトのあと、日本語を教えていたローティーンの少女の両親から夕食に誘われて、ついつい長居してしまったのだ。車で送ろうかと言われたが、さほどの距離があるわけでもなかったから、断って雨のなかを歩いた。

　遅い時間にわざわざ車を出してもらうのが申し訳なかったのもあるが、それ以上にローマっ子の荒っぽい運転が苦手だったというのが本当のところだ。

　歴史的建造物も多いローマの中心部から少し外れたところに、麻人のアパートはあった。留学当初は不安を覚えた細い路地を歩くのにも慣れ、抜け道も覚えた。

　日本のアスファルト舗装された道と違い、石畳は足元が不安定になる。雨に濡れると余計に。だから、足元を見ながら歩いていた。

日本のような明るい街灯の少ないローマの街の路地裏でも、その色は鮮明に麻人の目に飛び込んできた。

爪先を流れる雨水に混じる赤。

塗料などではないと、すぐに察した。

流れを追って視線を薄暗い路地へと向ける。傷ついた犬か猫がうずくまっているのかと思ったのは一瞬のこと、路地に身をひそめるギラギラとした眼光の主は、太陽光の下で見ればきっと美しいだろう金髪を雨に濡らした、若い男だった。若いといっても、学生の麻人よりは年上に見えた。

腹のあたりを腕で押さえている。傷を負っているのだ。

傷を負いながらもその眼光は鋭く、アイスブルーの輝きは爛々《らんらん》としている。

傷を負い、雨に濡れそぼち、みすぼらしい恰好になっていながらも、並外れた端正な面持ちは隠しようもなかった。

傷ついた猛獣を思わせる美しい男に、麻人は目を奪われた。

そして、考える間もなく駆け寄っていた。

「診せてください」

怪我《けが》の状態を診ようとすると、「かかわるな」と伸ばした手を払われた。

ギャング同士の抗争でもあったのだろうか。だが、一般人を巻き込むまいとする、まるでひと昔前のヤクザの任侠道《にんきょうどう》のようなことを口にするギャングなど、訊いたこともない。

マフィアの下部組織ともいえるギャングは、周囲に迷惑をかけることなど厭わない、というのがイタリアに来てからの麻人の認識だった。

払われた手を再度伸ばして、傷を確認する。脇腹の刺し傷を認めた。

「ひどい出血……救急車を……」

かかわるなと言われても、一度は医者を目指したこともある麻人だ。放っておけるわけがなかった。

せめて止血を……と、ハンカチを取り出し、傷口に当てる。

「押さえてて」

あきらめ悪く麻人の手を振り払おうとする男の手を、腹に戻した。

「やめろ。早く行け。でないと……」

言葉は唐突に途切れた。

男が気を失ったのだ。

それほどの傷なのか？　と焦ったが、傷口を押さえるハンカチを確認すると、もはやひどい出血はない。

だったらほかの理由で意識を失ったのかもしれない。

昔ほどではないにせよ、イタリア警察は腐敗の温床だと聞いている。ギャングに金を握らされれば何をするかわかったものではない。救急車を呼べば、意識を失っている間にこの男の命はないかもしれない。

本当にギャングかは知れない。逆に警察官かもしれない。けれど、救急車を拒むのには、それなりの理由があるはずだ。

何より、本当の悪人なら、「かかわるな」なんて絶対に言わない。

迷ったのは一瞬だった。アパートは目と鼻の先。

自分よりずいぶんと大柄な男を運ぶのは、生半可な労力ではなかった。それでも、放っておけなかった。

アパートに運んで、ようやく明るいなかで怪我の治療がかなった。

剣呑《けんのん》な刺し傷ではあったが、内臓までは達していなかった。刺されたあとで動いたために、派手に血が流れたのだろう。内臓に達していたら命の危険もあったに違いない。

だが、刺し傷だけでなく、全身に打撲痕や擦過傷があった。背中には、固い何かで殴られたような、ひときわ広い範囲に及ぶ打撲痕があったが、幸い骨に異常はないようだった。

「ひどい熱……」

傷と打撲のせいだろう、男は三日三晩高熱に苦しんだ。麻人はひたすらに男の身体を冷やしつづけた。

名も知れぬ男は鍛えられた肉体をしていた。だがつくられた身体ではない。必要があってまとった筋肉に思えた。

雨に濡れていた髪は、乾くとそれは豪奢な金色をしていた。薄暗がりのなかに見たアイスブルーの瞳が開くのを、今か今かと待った。

三日目の朝、男の看病をしながらベッドにふせて寝入ってしまっていた麻人の髪を、やさしく撫《な》でる感触に目を覚ました。

「……？　……っ！」

ハッと顔を上げると、アイスブルーの瞳とかち合った。

「かかわるなと言ったのが聞こえなかったのか」

掠れた声で、男は言った。

「本当のワルなら、そんなこと言わない」

安堵とともに、言葉を返す。名も知れぬ男は「おもしろいやつだな」と小さく笑った。

それが、クリスと名乗った男との出会いだった。

「ギャング同士の抗争でもあったのか？」と尋ねると、クリスは小さく笑って、「ギャングに見えるか？」と訊いた。麻人は少し考えて、首を横に振った。

その反応に満足したのかしないのか、わからなかったが、クリスは「ふうん」と頷《うなず》いただけで、結局素性については語らなかった。

麻人も、それでいいかと思った。

傷が癒えたら出ていくだろう男だ。あれこれ訊いても意味がない。

高熱で三日も唸っていたくせに、その後のクリスの回復は早かった。すぐにベッドから起き上がれるようになって、食事も普通にとれるようになった。

日本なら、病人にはまずお粥《かゆ》だが、イタリア人は何を食べるのだろうかと思って、インターネットで調べ、パスタ・イン・ビアンコという、長めに茹《ゆ》でたパスタに良質なオリーブオイルとパルミジャーノ・レッジャーノをかける料理があると知り、それをつくってみることにした。

イタリア米でつくることもあるらしいが、麻人の手元にはジャポニカ米しかなかったから、買い置きしてあったパスタを使うことにした。

日本では高価な低温圧搾のオリーブオイルもパルミジャーノチーズも、本場イタリアでは安く手に入る。だから、学生の麻人の冷蔵庫にも、常に数種類のチーズがストックされていた。

「これなら食べられるかな？」

きっとママンの味だろうから、各家庭ごとにいくらか違いがあるだろう。クリスの口に合うかはわからないが、インターネットで紹介されているレシピなら、きっと一般的なもののはずだ。

「これ……」

ベッドに上体を起こして麻人が届けた新聞を読んでいたクリスは、差し出されたものを見て、ゆるり……と目を見開いた。

「パスタ・イン・ビアンコっていうんでしょう？　日本のお粥みたいなものだって、インターネットで読んだから」

「お粥？　あぁ……日本の米料理だったか。たしかに中国にもあるな」

思いがけず、食の知識がある様子。

「詳しいね。もしかして料理人とか？」

首を傾《かし》げると、そんな麻人を見て、クリスは「どうかな」と碧眼を細めた。やはりしゃべる気はないようだった。

「どうでもいいけど」

苦笑して、「自分で食べられる？」と尋ねる。「食べさせてくれるのか？」と揶揄《やゆ》口調で返されて、

「背中が痛むんじゃないかって思っただけだよ」と呆れた。

茹ですぎのパスタにオイルとチーズをかけただけのシンプルな料理を口に運んで、クリスは目を細める。

「どう？」

母親の味とは比べようもないだろうけれど、食べられるものに仕上がっているだろうか。

「うまいよ、やさしい味だ」

微笑みで返されて、ホッと安堵する。

ゆっくりとスプーンを口に運ぶ姿を横で見ていて、その仕種《しぐさ》の上品さに気づいた。ただスプーンを口に運んでいるだけなのに、食べ方がとても綺麗に感じたのだ。

ギャングだとばかり思っていたけれど、やはり違うのだろうか。食事をする横顔はとても美しくて、優雅ですらある。

「食べたら、脇腹の傷の消毒するね」

病院に連れていけないのなら、マメに消毒するよりない。

「警察には？　結局届けてないのか？」

そんなふうに訊かれて、「届けてほしいの？」と返すと、ククッと喉の奥で笑いが零《こぼ》れる。

「おもしろいやつだな、おまえ」

「麻人」

おまえじゃないと返すと、クリスは愉快そうに口角を上げた。

「Asato……綺麗な響きだ。日本の文字じゃ、どう書くんだ？」

そんなことを訊かれて、すぐに書くものを用意できなくて、クリスの手をとった。ベッド脇に腰を下ろして、掌に漢字を書く。

「こう……、わかる？」

造形として理解できるかと問う。傍らを振り仰ぐと、すぐ間近に透き通った碧眼があった。薄いアイスブルーは、冷えた色味でありながら、その奥に熱い何かを感じさせる。

「ここ以外に居場所があるなら、早めに出ていくといいよ」

なぜこんなことを言ってしまったのか、このときはわからなかった。のちのち、越えてはいけない一線の存在を無意識にも感じ取っていたためと、自分で気づくことになるのだが、このときは、なんとなくそう思ったにすぎなかった。

「居場所？」

「かくまってくれる女の人とか。たくさんいそうだし」

自分のところより居心地のいい場所を、いくらでも持っていそうに思えた。起きられるようになったのなら、赤の他人の自分より、そういう相手を頼ったほうがいいのではないかと、少し面白くない気持ちで口にしていた。

「麻人は？　彼女が訪ねてきたりはしないのか？」

逆に聞き返されて、問いに問いで返すのは反則だと思いながらも、馬鹿正直に答えてしまう。薄青の瞳には、そういう威力があるように思えた。

「いないよ。勉強が忙しくて、それどころじゃない」

事実、イタリアへ来てからというもの、女友だちは増えても、それだけ。日本人が若く見られるのと相まって、線の細い麻人のようなタイプは、男性的な魅力に欠けるようだった。

だが、目の前の男は違う。

美貌でありながら、男性的な魅力にあふれている。

「ローマの女は見る目がないな」

クリスの長い指が、麻人の黒髪を軽く梳《す》く。

「……？　ローマっ子じゃないの？」

そんなニュアンスに聞こえた。碧眼はじっと見返すだけで、返される言葉はなかった。それでもいいと思った。

「答えなくていいよ」

麻人の言葉に、クリスは碧眼を数度瞬いて、「本当におもしろいな、きみは」と笑った。

「……っ」

笑った拍子に脇腹が引《ひ》き攣《つ》ったのだろう、小さく呻《うめ》いて腹を抱える。

「ナイフで刺されたんだから、痛いに決まってる」

そう簡単に塞がるわけがないと、ベッドで寝ているように促す。

「掠っただけだ」

そんな大げさな傷ではないと言い張る男に、「僕に強がっても意味ないよ」と言い含め、寝かせた。

「あなたが寝ている間に警察に届けたりしない。でも、僕が寝ている間に、出ていきたくなったら出ていっていいよ」

どんな事情があるのかは知らない。訊かない。だから、麻人のお節介を受け入れても拒絶してもかまわない。

「ずいぶんとハッキリものを言う天使だ」

大きな手が伸ばされて、麻人の頰を撫でる。スキンシップ過多な男だと思ったけれど、好きにさせた。

「天使？」

「告死天使が迎えに来たのかと思った」

雨のなか、薄暗い街灯に照らし出された麻人の白い顔が、死期を告げる天使に見えたのだと言う。

「ひどい譬《たと》え」

苦笑して、男の手を布団のなかに戻した。そして熱をたしかめ、金の髪を梳く。しばらくそうしていると、ようやくクリスは碧眼を閉じた。

睫《まつ》毛《げ》の一本一本まで、まるで精巧な金細工のように美しい。何をしてナイフ傷など負ったのかはわからないけれど、危険とは無縁の、もっと華やかな世界で生きていけるだろうにと怪訝に思った。

三日が過ぎると、クリスは麻人のベッドを占領していることを気にしはじめた。クリスを拾った夜から、麻人はソファで寝ていた。ソファとはいっても大きなものだから、細身の麻人はまったく困っていなかった。

「怪我人はそんなこと気にしなくていい」

部屋を借りたときに、家具は備えつけで、ベッドはダブルサイズのものが置かれていた。だからひとつベッドで眠ることもできたのだけれど、どうしてかそうしようとは思わなかった。

一週間も経つころには、クリスはすっかり体力を取り戻し、背中の打撲の痣《あざ》はまだ消えないものの、脇腹のナイフ傷以外の擦過傷などは、ほとんど完治していた。

腹の傷も、もはや大きめの絆創膏《ばんそうこう》のみで、それも間もなくとれるだろうというところまで塞がっていた。

体力と免疫力が充実しているがゆえの治癒力の高さに思えた。

走ることもできるだろう。だから、今夜にもいなくなるだろうと思った。けれど、翌朝も、クリスの姿は部屋にあった。

これまでとひとつ違ったのは、クリスのほうが先に起きて、ソファで眠る麻人の寝顔を覗き込んでいたことだ。

「……おはよう」

出ていかなかったのか、とは尋ねなかった。

「おはよう」

美しい碧眼が、朝陽を浴びてことさら美しく輝く。最高級の宝石のようだと思った。

「朝食の準備ができてる」

そう言って、乱れた麻人の黒髪を梳く。

「……え？」

驚いて飛び起きて、部屋にエスプレッソの香ばしい香りが満ちていることに気づいた。

慌てて起きだしてダイニングキッチンのテーブルを見やる。そこには、イタリアに来てからついぞ見ない、豪華な朝食が用意されていた。

「怪我してるのに」

そんな気をまわさなくていいのに……と、傍らの男を見上げる。

「もう平気だ。麻人が看病してくれたからね」

脇腹の傷はまだ絆創膏がとれていないというのに、クリスはそんなふうに言って、椅子を引いた。女性をエスコートするときのようだと思ったけれど、勧められるままに席についた。

こんがりと焼けたトーストに目玉焼き、カリカリに焼いたベーコンとソーセージ、何より特徴的なのは、グリルしたトマトだ。

「これ、イングリッシュブレックファスト？」

フル・ブレックファストとも呼ばれる、英国式の朝食メニューに見えたのだ。もちろん麻人の部屋の冷蔵庫にあるものでつくったのだから、簡略化されている。

イタリア人は、エスプレッソとデニッシュなどの甘いパンとで、朝食を軽くすませることが多い。もしかして、イタリア人ですらなかったのだろうか。たしかにクリスの面立ちは、ラテン系の血を感じさせない。もっとノーブルな印象だ。

「朝食をしっかりと食べないと、一日ももたないだろう？」

一日の授業と、そのあとのアルバイトまで、身体がもたないだろうと気遣われる。怪我を負って倒れているところを助けて拾ったはずの男に。

昨日までは、麻人がベッドまで食事を運んでいた。だが今日は、クリスが向かいに座る。

誰かと向き合って食事をするのは、久しぶりだった。朝食に限っていえば、イタリアに来てからははじめてかもしれない。

「……美味《おい》しい」

湯気を立てるエスプレッソは、部屋にあるエスプレッソマシンで淹れたもののはずなのに、自分が淹れるよりずっと美味しく感じた。

トーストもカリカリベーコンも、誰がつくってもさして差の出る料理とは思えない。なのに、とても美味しかった。いつも朝はあまり食欲がなくて、食べないことが多いのだけれど、この日は出されたものをペロリと平らげてしまった。

どうしてか後ろ髪を引かれる気持ちで大学に行って、夕方まで授業を受けた。一日がこんなに長いと思ったのははじめての経験だ。

早く帰りたくてたまらないのに、こういう日に限って家庭教師のアルバイトが入っている。半ば上の空で授業をしていたら、教え子の少女に「先生、ヘンよ？」と言われてしまった。

帰宅は、少し遅い時間になってしまった。

アパートの階段を足早に駆け上がり、ドアを開けた麻人を、クリスは玄関先で出迎えた。

「おかえり」

甘い声が近くに聞こえたと思ったら、右頬にリップ音。それから左でも。さらには軽いハグ。

「た…だい、ま」

ただのあいさつだとわかっているのに、ドキリとさせられた。心臓が跳ねて、早鐘を打った。

朝、向き合って朝食を食べたテーブルには、二人分のディナーが準備されていた。

「待ってたのか？」

「ひとりで食べても美味しくないだろう？」

テーブルの中央に、グリーンサラダのボウルと、サラミとチーズを盛った長皿が置かれている。カトラリーはセッティングされているが、メインの皿は空だった。

「すぐに食べられるよ」と、クリスがキッチンに立つ。パスタは茹で立てが命だ。材料はもう準備されていて、あとは茹でたパスタと和《あ》えるだけにされていた。

揚げた茄子《なす》が特徴的なパスタは、「パスタ・アッラ・ノルマ」といって、イタリア出身の作曲家、ベッリーニ作のオペラ『ノルマ』にちなんで名づけられた伝統料理なのだと説明された。

音楽に造詣の深くない麻人には、聞いたことのない作曲家の名前だった。けれど、間違いなく美味しいことが匂いでわかる。事実、とても美味しかった。

茄子とトマトの組み合わせは、パスタ料理ではよくあるものなのに、これまでに食べたものとまるで違う味に感じられた。

今度はもう、もしかしたらギャングではなくシェフなのだろうか、などと考えもしなかった。もはやどうでもよくなっていた。

麻人はアルコールの買い置きをしていなかった。冷蔵庫に入っているのは、炭酸水とシチリア産のブラッドオレンジジュースだけだ。このふたつだけは、イタリアに来てから気に入って、切らしたことのない必需品だった。

クリスが飲みたいと言っても、どのみち傷によくないと飲ませなかっただろうから、アルコールの有無は問題ではなかった。飲みなれたブラッドオレンジジュースの酸味と、パスタもサラダも、とてもよくマッチして、アルコールの必要性を感じさせなかった。

己の素性を明かさない男と、必要以上に自身のことを話さないと決めた麻人とで、会話が弾む要素などない。

けれど、静かな食卓は、決して苦痛ではなかった。

他愛もないことを話して、料理に舌鼓を打って、時間はゆったりと過ぎた。向かいから注がれるアイスブルーの眼差《まなざ》しが、常に自分を捉えている。

気づいて顔を上げると、視線がかち合う。クリスは逸らさない。だから麻人のほうが、気恥ずかしくなって視線を落とす。そんなことを、食事のあいだに何度か繰り返した。

麻人が帰宅するまえに、クリスはバスルームを使ったらしい。汗を流そうとドアを開けると、湯気の名残が感じられた。

どうしてかドキリとして、手早くシャワーを浴びただけで、バスルームを出た。遅い時間に帰宅して、食事にもいつもより長い時間を費やしたために、すでに夜深い時間になっていたのも手早く済ませた理由だった。

麻人がバスルームを出ると、キッチンで片づけを終えたクリスが、ソファでエスプレッソを飲んでいた。イタリア人は、いったい一日にどれほどのカフェインを摂取するのだろうかと心配になる。

「傷によくない」

前に立って、諌《いさ》める。

「痛み止め代わりさ」

飄々《ひょうひょう》と言うので、麻人は目を見開く。

「……？　痛むのか？」

足元に膝をついて、脇腹の傷を確認しようとすると、伸ばした手をとられ、「大丈夫」と制された。

「そういう意味じゃない」

悪かった、と詫びられる。

「……っ、ややこしい言い方……」

驚かさないでほしいと、膝をぺしゃりと叩《たた》く。そして、クリスの隣に腰を下ろした。

「もう寝るから、ベッドへ行ってくれるか」

クリスを拾った夜からずっと、このソファが麻人のベッド代わりになっているのだ。いつまでもこうしていられたら寝られない。

「ベッドで寝ればいい」

「……え？」

サラリと返された言葉を聞き取り損ねて、麻人が顔を向ける。エスプレッソカップをローテーブルに置く所作を、訝るようにうかがってしまった。

「一緒にベッドで眠ればいい」

広いのだから、という意味か？　家具付きでこの部屋を借りた当初、大きなベッドを見て、以前の借主かあるいは貸主が夫婦だったのかもしれないと思った。男ふたりでも充分な広さがある。

「寝相は悪くないつもりだけど、傷に障ったら……」

冗談だろうと、聞き流そうとした。

クリスの肩を軽く押して、寝室へ追いやろうとした。その手を握られた。

「……っ！　クリス？」

強く引かれて、広い胸に乗り上げてしまいそうになる。傷を気遣って、慌ててソファの背を摑んだ。

「危ない。まだ傷が……」

「もうなんともない」

「うそ」

短いやり取りの間に、美しい碧眼が間近に迫っていた。鼻先を突き付け合うような恰好で、見つめ合っている。

アイスブルーの美しさに見惚《みと》れた一瞬の隙に、痩身は力強い腕に拘束されていた。

「クリ…ス……？」

問いかける唇に、熱が触れる。

驚きと戸惑いに、ゆるり……と目を見開く。

たくましい胸を押しやって身体を離そうとすると、腰を抱く腕が背を伝いあがって、引き戻される。大きな手が後頭部を捉えて、今一度唇に触れる熱。

口づけられていると、思考が理解するのにしばしの時間が必要だった。その間、まるで魔力に囚《とら》われたかのように、美しい碧眼をただじっと見つめていた。

シナプスが繋がったとたん、跳ね起きていた。逃げるように部屋を横切ろうとして、でもいったいどこへ行こうとしたのはわからないうちに、後ろから二の腕を摑まれていた。

背中が、たくましい胸に触れた。背後から抱きすくめられたのだ。

「なん、で……っ」

いったい何をされようとしているのか、半ばパニックだった。

「だから、女の人のところへ行けばいいって言って——」

最初に、匿ってくれる女性のところへ行けばいいと言ったのに、と弱弱しく返す。肉欲の捌《は》け口が欲しいのなら、唐突な衝動を自分になど向けずとも、いくらでも迎えてくれる女性がいるだろうに。

そんな、わけのわからぬ反発に似た感情が膨れ上がった。

けれどそれも、耳朶に落とされた短いひと言で、悔しいくらいにアッサリと霧散した。

「麻人が欲しい」

甘い声が囁く。耳朶に触れる唇。

「……っ」

首筋をゾクゾクとした感覚が伝いあがって、息を呑んだ。とたんに、身体から力が抜けた。

自分には、そういった嗜好はないはずだ。同性から誘いを受けた経験などない。なのに嫌悪感はなく、それどころか胸の高鳴りを覚える。

背後から首筋を擽《くすぐ》る熱い唇の感触。寝間着代わりの薄いTシャツの上から胸をまさぐる大きな手。その手がTシャツの裾から忍び込んできて、素肌を撫でる。

「……っ、や……っ」

脇腹を撫でられて、思わず息を呑んだ。

胸の飾りを摘《つま》まれて、全身に震えが走る。

膝から崩れ落ちそうだった。腰を抱いていた手に後ろから頤《おとがい》をとられ、苦しい体勢で口づけられた。さきのものとはまるで違う、深く咬《か》み合うようなキスだった。

「……っ！　……んんっ」

異性との経験がないわけではない。それでも、こんな荒々しい口づけははじめてだった。口腔《こうこう》内を奥まで侵され、舐《ねぶ》られ、思考が陶然としはじめる。口づけでこれほど感じるなんて、はじめての経験だった。

膝が笑いはじめて、もはや立っていられない。すると身体が反転させられて、クリスの身体にしがみつくような恰好で抱き込まれる。

腰をぐいっと引き寄せられて、高ぶった欲望同士が布越しに触れた。

「……っ、そんな……っ」

恥ずかしくて、眦《まなじり》に涙が滲んだ。

「キスだけでこんなになって……いけない子だな」

間近に見上げる碧眼が、悪戯《いたずら》な色を宿す。甘く囁く声は、いつもの彼のものとは、まったく違って聞こえた。

手負いの獣を拾った自覚はあった。けれど、これほど危険の匂いを纏うケダモノだとは思っていなかった。

「だって……っ」

クリスのせいだと睨みあげる。

「男の身体は触れられれば反応するようにできてる。泣かなくていい」

ベッドに行こうと誘われて、頷く代わりにたくましい首に縋《すが》った。横抱きに抱き上げられて、「傷が……っ」と慌てたものの、軽いキスひとつでいなされてしまった。

広いベッドに下ろされて、自分のベッドのはずなのに、他人の……自分よりずっと牡《おす》臭い男の匂いに包まれて、高揚を覚える。

慣れた手つきでTシャツを脱がされ、スウェットも引き下ろされた。その手際のよさに嫉妬を覚えたのは、果たして男としてのものだったのか、あるいは彼を関係を持った数多《あまた》の女たちに向けたものだったのか、このときはわからなかった。

啄《ついば》むキスで麻人の身体のこわばりを解きながら、クリスもシャツを脱ぎ捨てる。傷の手当てがしやすいようにと、麻人が古着屋で買い求めてきたものだ。麻人には合わないサイズの、シンプルなコットンシャツ。

たくましい肉体が露わになって、麻人は息を呑む。

毎日、傷の手当てのときに見ているはずなのに、どうしてこれほどドキドキするのかわからない。

全身が瘧《おこり》のように震えはじめ、力が抜ける。背中からシーツに沈み込むような感覚を覚えた。もはや指先まで痺《しび》れて動かせない。

思考を蕩《とろ》けさせる口づけ。

それに必死に応えるだけで精いっぱいで、肌を這《は》う掌の感触を追うことさえできない。ただただ心地好くて、思考がますます霞《かす》んでいく。

「……っ！　なに……」

気づかぬうちに、クリスの腰を挟み込むような恰好で、白い太腿《ふともも》を開かされていた。間に指を這わされて、ビクリッと細腰が跳ねる。

久しく自分の手しか知らない欲望は、指の長い大きな手に囚われて、恥ずかしいほどに滾《たぎ》り、先端から透明な蜜をあふれさせはじめていた。

自分のものとは違う手から与えられる刺激は、予想がつかないだけに麻人を翻弄する。

「ダ…メ、放し…て……っ」

「こんなに濡らして……可愛いよ、麻人」

甘い声が恥ずかしい言葉を紡ぐ。

「あ……ぁっ」

だが、あと少しというところで唐突に解放され、麻人の痩身をもどかしさが襲った。つづきをして、と懇願するのも憚《はばか》られ、意地悪い光を宿す碧眼を潤んだ瞳で見上げる。

「ど……し、て……」

荒い呼吸に喘《あえ》ぐ麻人を、クリスは目を細めて見やる。痩身が己の手管によって快楽に侵されようとするさまを愉《たの》しむかのように、碧眼が艶めいた色を宿した。

「な……に、……ひっ、……あぁっ！」

膝に手をかけられたと思った次の瞬間、しとどに蜜を零す欲望は、クリスの口腔に捕らわれていた。

「や……いやっ、……あぁっ！」

敏感になった欲望を強く吸われて、思考が白く染まる。やめさせたいのか、もっと強くとねだりたいのか、伸ばした手はやわらかな金髪を混ぜたが、それだけ。あっという間に追い上げられて、こらえる間もなく男の口腔に白濁を吐き出していた。

「あ……ぁっ、……っ」

細腰がうねり、内腿が小刻みに痙攣《けいれん》する。

顔を上げたクリスは、麻人が乱した髪をかき上げ、唇を舐めた。その艶《なま》めかしさに眩暈を誘われて、麻人はシーツの上、瘦身をくねらせる。

すでにいっぱいいっぱいだというのに、前から滴ったものに濡れそぼつ後孔の入り口に指を這わされて、甘ったるく喉が鳴る。入り口を擽った指先が侵入をはじめたとき、麻人は熱い息を吐いて、無意識にも身体の力を抜いていた。

情欲に染まりつつある肉体が、クリスの手から与えられる快楽を甘受している証拠だ。

「や……なか、へん……」

長い指に内壁を刺激され、経験のない喜悦が腰の奥から沸き起こる。

「誰かに、ここをいじられたことがあるの？」

淫らな反応を見せる身体を揶揄される。ふるっと首を横に振ると、クリスは「嘘《うそ》はいけないな」と意地悪く目を細めた。

「うそ……じゃ、な……」

ほかのだれにもこんなことを許していないと訴える。

「いい顔だ」

もっと泣かせたくなる……と、喘ぐ唇を啄まれる。その隙に、後孔を穿《うが》つ指が増やされ、さらに深い場所まで暴かれた。

「あ……ぁっ、ひ……っ」

はじめて知る快楽に恐怖して、広い背にひしっと縋る。まだ癒えきらない打撲痕があることも、もはや気遣う余裕はなかった。

「麻人」

低く甘い声が名を呼ぶ。涙を溜めた長い睫毛に落とされるキス。

「爪を立てていいから」と、首に縋るように促され、腰を抱えられた。間に熱く硬いものが触れる。火傷《やけど》しそうなほどの熱さにビクリと腰が跳ねて、けれど無意識の逃げを打つまえに、腰骨を摑まれ、押さえ込まれた。

滾る欲望が麻人の後孔を暴こうとしているのだと、理解したときには一気に最奥まで穿たれたあとだった。

ズン……ッと、脳天まで突き抜ける衝撃。

「……っ！　ひ……ぁっ、……ぁぁっ！」

しなやかな背を撓《しな》らせ、縋った広い背に指先を食い込ませる。

「痛……ぁっ、ひ……っ！」

灼熱《しゃくねつ》の杭《くい》が狭い場所を切り裂くように埋め込まれる。いかに指で蕩かされたといっても、質量が違いすぎた。

「や……ムリ……っ」

やめてと懇願したところで、許されるわけもない。

さらに深く抉られて、嬌声《きょうせい》が迸《ほとばし》る。だがそれは、決して苦痛の悲鳴ではなかった。甘さを孕んだ喘ぎが、白い喉を震わせる。戦慄《わなな》く内壁が、埋め込まれた欲望を切なく締めつけ、もっと深くとねだるかのように淫らに誘い込んだ。

「ん……ぁっ、あ……っ」

喘ぐ声に滲むのが喜悦ばかりになるのに、さほどの時間は要さなかった。

はじめ反応をうかがうようにゆったりとした動きだった抽挿が、やがて視界が定まらないほどに激しいものへと変化する。

荒々しく最奥まで穿たれ、力強く揺さぶられる。仰《の》け反《ぞ》らせた白い喉から、甘い声が零れた。

「あ……んんっ、い……いっ、……ぁあっ！」

広い背に爪痕を刻み、咬み合うようなキスに応えながら、甘ったるい声を上げつづけた。

最奥を穿たれ、内壁をこすりあげられて、思考が白く染まるほどの快楽が襲う。ガクガクと揺さぶられて、声にならない悲鳴を上げた。

「——……っ！　……っ、は……ぁ、あ…っ」

いっそう深く穿たれて、欲望が弾ける。白濁が、白い腹を汚した。

「……っ」

頭上から低い呻きが落ちて、最奥に迸る熱い飛沫《ひまつ》。クリスの吐き出したものに汚されたのだと気づいて、甘い衝動が全身を襲った。

「あ……んっ、……っ」

吐き出したものを塗り込めるかのようにゆるり……と蠢《うごめ》く肉欲は萎えない。麻人の内壁を刺激して、次なる喜悦へ誘おうとする。

「ダ……メ、まだ……っ」

己の肉体の反応が怖くなって、たくましい首に縋る。

荒い呼吸に喘ぐ唇を啄まれ、「大丈夫だ」と吐息が甘く囁く。一度繋がりを解かれて、その刺激にも喉が甘く鳴った。瘧のように震える身体には、力など入らない。

シーツに沈む痩身を、仰臥《ぎょうが》した広い胸に引き上げられた。間をこすりあげる肉棒が、蕩けきった後孔をじわじわと穿つ。

「……っ、……んっ」

腰骨を摑まれ、荒っぽく揺さぶられた。そうしたら、肉欲に侵された痩身は、勝手に快楽を追いはじめる。

淫らに腰を揺らし、キスをねだる。

見上げる碧眼にも犯されて、執拗《しつよう》に貪られた。

「クリス……、……んんっ」

甘ったるいキスが、収まらない欲望の存在を教える。

腹這いにされ、後ろから穿たれたところまでは記憶があった。意識も絶え絶えに甘い声を上げつづけた。

そのまま気を飛ばして、昏倒するように眠りに落ちた。

広い胸に抱き寄せられた恰好で重い瞼《まぶた》を上げたとき、カーテン越しに感じる太陽は、すっかり高い位置に昇りきっていた。

状況を理解できないでいるうちに、抱き上げられ、バスルームに運ばれた。

たっぷりの湯を張ったバスタブに沈められ、痺れたように自由にならない身体を隅々まで洗われて、その途中でようやく思考回路が働きはじめたものの、もはやされるがままになっているよりほかなかった。

大判のバスタオルにくるまれて、ソファの上、クリスの腕に抱かれてまどろんだ。その日一日、そうしていた。

濡れ髪を梳かれ、旋毛《つむじ》に口づけられて、ゆっくりと顔を上げたら、やさしい光を宿した碧眼とぶつかった。ベッドのなかでは意地悪だったのに、今はひたすらやさしい。

ねだったつもりはなかったけれど、唇を軽く啄まれた。角度を変えて何度も。甘ったるいリップ音が鼓膜を擽って、こんなに疲れきっているというのに、まだ腰の奥が疼《うず》く気がした。

その日の夜には、せっかく清めたベッドを、また乱した。昨夜何度も穿たれた場所はヒリヒリとした痛みを残していたけれど、それ以上に肉欲が勝った。自分がこんなに淫らな性質だなんて、麻人は知らなかった。

出会ってたったの一週間、ファーストネームしか知らない男に抱かれることの違和感など、考えもしなかった。

生活のなかに、あたりまえにキスとセックスが組み込まれて、ひとつベッドで抱き合って眠るのが日常になった。

目覚めのキスも、おやすみのキスも、行ってきますのキスも、ごく自然と生活に組み込まれていた。

ただ、口づけ抱き合うことの理由を明確にする、言葉はなかった。

なぜ抱いたのか、なぜ抱かれたのか、言葉にはしなかった。クリスはともかく、経験の浅い麻人には、言葉にしようもなかったのだ。

好奇心と肉欲に流されたとしかいえないはじまりだった。はじめて知る快楽に溺れて、言葉や感情よりも先に、身体が繋がることを求めた。

それでも、ふたりの生活は、まさしく蜜月だった。

部屋にふたりでいるときは、かたときも離れなかった。ソファでは身を寄せ合い、ベッドでは抱き合う。特別な会話があるわけではない。それを埋めるように口づけた。

クリスがどう思っていたのか、このとき何を考えていたのか、麻人にはわからない。けれど麻人自身は、まるでこの生活が永遠につづくかのような、錯覚に捕らわれていた。

すぐに終わりが来ると、出会った当初はたしかに自覚していたはずだったのに、いつの間にか忘れていた。

男の腕枕で目覚め、朝食の準備が整うまでベッドでまどろみ、甘やかされるままに向き合って食事をとり、甘ったるいキスで送り出される。帰宅時は、力強い抱擁と口づけ。シャワーを浴びながらじゃれ合い、そのままベッドになだれ込む。濃密に抱き合って、広い胸に抱かれて朝を迎える。口づけで、目覚めるのだ。

その繰り返しの日々。

ウニのパスタとイチジクのパンが好きで、肉料理より魚料理を好む。濃いエスプレッソと合わせるのは、イタリアの伝統菓子。

互いの食の好みに詳しくなって、麻人の前には黙っていてもブラッドオレンジジュースと炭酸水が用意されるようになっていた。

そんな些細《ささい》なことが、幸せだった。

のちのち振り返れば、感覚がおかしくなっていたのは否めない。冷静に考えれば、こんな生活がつづけられるはずもないのだ。

素性の知れない男と、留学生。

遅かれ早かれ終わりは来る。

わかっていたはずなのに、思考から追い出していた。

その日が来てはじめて、つづくはずがなかった関係だと、気づかされた。

自分の馬鹿さかげんに、呆れて嗤う羽目に陥ったのだ。

蜜月はたったの三週間で終わりを告げた。

助けた夜から数えて三週目の終わり、麻人が大学に行っている間に、クリスは忽然と姿を消した。

その日の朝まで抱き合っていた。

出かけるときには、いつもと変わらぬ様子でキスをしてくれた。今夜も、抱き合って、口づけて、眠るのだとばかり思っていた。

「クリス……？」

シン…ッと冷えた室内の静けさを感じ取った瞬間に、麻人は状況を察していた。それでも認められなくて、部屋中を探した。狭いアパートには、探す場所など限られているというのに。

寝室とバスルームとトイレと納戸、それで終わり。どこにもクリスの姿はなかった。

部屋から、クリスの痕跡がすべて消えていた。古着屋で買いそろえた衣類や日用雑貨や、麻人がクリスのために用意したあれこれが、どこにもなかった。ごみ箱にもなかった。

買い物に出たのだろうかと考えた。絶対にありえないとわかっているのに、帰ってこないとわかっているのに、それでもあきらめきれずに待った。

日付が変わるまで待っても、帰ってこなかった。

朝まで待って、ようやく理解した。傷の癒えた男は出ていったのだと。たしかに自分は言った。当初に、出ていきたければ行けばいいと。麻人が寝ている間に行けばいいと。

けれどそれは、ただ怪我人を助けただけの関係だったからだ。抱き合って口づけ合うような関係になっても、その言葉が有効だとは思わなかった。

カーテンを開け、昇る朝陽を見ながら、ようやく理解した。特別なことだと思っていたのは、自分だけだったのだと。

キスも抱擁もセックスも、あの男にとっては特別なことではなかった。手を伸ばして受け入れられれば、関係は成立する。自分が飽きたらそれで終わり。

怪我が癒えるまで身をひそめる間の、性欲処理に使われたにすぎないと、思ったら喘えた。

自分の思い込みの激しさに呆れて、喘えて、そして涙があふれた。

抱き合うのは特別なことだと思っていた自分は、単にお子様だったのだ。「愛している」と言われたわけでもないのに、雰囲気に呑まれて、行為に溺れて、逆上《のぼ》せていた。

まばゆい朝陽が目に染みた。

泣きたくないのに、拭っても拭っても、涙は止まらない。

そしてようやく気づかされた。

「バカみたいだ……」

この喪失感も涙も、そして口惜しさと憤りも、すべての根源にあるのが愛情だなんて、今さら気づいてどうなるというのか。

手負いの獣を拾った程度の気持ちだった。

けれど、薄暗い路地の奥でアイスブルーの瞳に見据えられた瞬間に、とうに自分は囚われていた。

ひと目で、あの美しい碧眼に魅入られ、惹《ひ》かれた。だから、危険を承知で手を差し伸べた。

勉強がしたくてイタリアに来た。けれど、代わり映えのしない毎日に、少しだけ退屈しはじめていた。

そんなときに出会った、非日常をもたらす存在。

まるで、悪い男に騙される、世間知らずの箱入り娘のようだ。そんなことを思ったら、嗤えて、嗤えて、また泣けた。

あの男が何者だったとしても、もはや今さら。ギャングだろうがただのチンピラだろうが、あるいはジゴロでも、どうでもいい。あるのはただ、世間知らずな麻人がアッサリと騙され、身体まで奪われた、その事実のみ。

ひとしきり嗤って、涙が枯れるまで泣いたあとに残ったのは、イタリア留学を決めた目的だけだった。

薬学部を飛び級で卒業して、帰国し、麻薬取締官の採用試験を受ける。

男に弄ばれて、失意のままに帰国なんて無様はごめんだ。

そんな自分は許せない。

枯れ果てた涙を拭って、「忘れた」と呪文のように言い聞かせた。

この三週間をなかったことにする。もう忘れた。温かな腕の感触も甘い声も、ときにやさしくときに荒々しく触れた唇の熱も、記憶から消し去った。

蜜月の記憶を振り払うかに、勉強に打ち込んだ。

これが失恋というものなのかと、しばらくして気づいた。気づいて、そしてまた嗤った。

はじめての本気の恋だったなんて、ろくでもない事実には、一生気づかないままでいたかった。

3

バトラー部門に異動と言われて、いったい何をさせられるのかと思いきや、仕事の大半はクリスティアーノの身の回りの世話だった。

ラグジュアリーホテルなどで提供されているバトラーサービスとはだいぶ違うような気がするが、船のオーナーがそうしろというのだから、麻人には抗いようがない。

だが、期待したとおり、クリスティアーノの傍付きという立場になったことで、アシスタントパーサーに与えられた権限とはくらべものにならない行動可能域を得ることができた。オールエリアパスというわけにはいかないが、最深部に近い場所を歩いていても、止められることはない。

何より、船内管理用のパソコンに触れられるのが大きな収穫だった。もちろん顧客管理にはパスワードを求められるが、それも含めて探ることは可能だ。

「エスプレッソをお持ちしました」

執務デスクでバルトが届けにきた書類にサインをするクリスティアーノの傍らにデミタスカップを滑らせる。

「ありがとう」

いったん手を止めて顔を上げ、目を見て礼を言う。仕える者を気遣う、ごく自然な所作は、一朝一夕に身につくものではない。

ゆるく整えられた豪奢な金髪に、宝石のように澄んだ輝きを見せるアイスブルーの瞳、ノーブルを絵に描いたかのような整った容貌に、上質なあつらえのスリーピースがしっくりと馴染む。

スーツを美しく着こなすには、それなりの体格が必要だ。おだやかな佇まいの奥に力強い肉体が隠されていることを、麻人は知っている。

万年筆を滑らせる手の美しさ。達筆なサイン。Cristiano Gerardo De Silvestri《クリスティアーノ・ジェラルド・デ・シルヴェストリ》のサインひとつで動く経済がある。

あのあと、少しだけ調べた。

シルヴェストリ伯爵家は、古くは南イタリアに広大な領地をもち、権勢をふるっていた名家だ。跡継ぎだった嫡子が病死して、妾腹のクリスティアーノが家督を継いだのは、麻人のもとから去ってしばらくのちと記されていた。

あのときにはもう、伯爵家を継ぐことが決まっていたのかもしれない。

何があってあんな傷を負っていたのかはわからない。ギャングなどと麻人が勝手に思い込んだだけで、あるいはお家騒動に絡んで命を狙われたことも考えられる。だから病院も警察も拒み、ひととき身を隠すことを選んだのかもしれない。

さまざまな可能性は考えられるが、いまさら当人に確認する気はなかった。麻人には、もはや関係ない。

潜入した豪華客船で、たまたま過去に因縁のある相手と再会した。それだけのことだ。

「お味はいかがですか？」

不味いエスプレッソは許されないと、バルトに厳命されている。あの強面で大柄で、なのに繊細な配慮を見せる側近は、外見に似合わずいろいろ細かい。まるで嫁いびりをする姑《しゅうとめ》のように、口うるさく指導されている真っ最中だ。

「美味しいよ。麻人の淹れてくれるエスプレッソが一番だ」

「そうですか。でしたらバルトさんに、あまり口うるさくしないように言っていただけると助かります」

麻人を強引にバトラー部門に異動させたのはクリスティアーノなのだから、少々エスプレッソが不味かろうが、言葉遣いが横柄だろうが、かまうものかというのが麻人の気持ちだった。

どうせ、横浜に着くまでの短い期間限定なのだから。

「あれが口うるさいのは、見込んだ相手にだけだ」

しごかれているようだと、クリスティアーノが小さく笑う。だからありがたいと思えとでも？　冗談ではない。

着替えの手伝いから食事のサービス、ティータイムの話し相手まで。秘書的な仕事は側近のバルトがするために、麻人に与えられるのはおままごとの相手のようなものばかりだ。

たんに麻人を困らせたいだけとしか思えない。最初に他人のふりでやりすごそうとしたのを怒っているのだと、クリスティアーノの行動を麻人は分析した。

だが、あんな別れ方をした相手を、のうのうと脅して傍に置こうとするほうがどうかしている。麻人の反応のほうが普通のはずだ。

「次は何をしましょうか？」

書類へのサインを終えたクリスティアーノが万年筆を置く。タイミングを計ったかのように、ドアをノックする音。バルトだ。

「チェックのあるものだけ差し戻しだ。あとは好きにやらせるといい」

「かしこまりました」

結構なスピードだったから、まともに目を通すこともなくサインだけしているのかと思っていたが、ちゃんとひとつひとつ確認していたらしい。

「オンライン決裁のほうは、先ほどお送りしておきました」

「あとで確認する」

いまどき、書面で扱うよりもオンラインのほうがきっと数が多いに違いない。

インターネットで調べた限りでは、シルヴェストリ家の事業は、老舗ホテルを中心とした観光産業のほかに、投資などの金融がメインと紹介されていた。

昔から手掛けていたホテル業に陰りが見えたときに、家督を継いだクリスティアーノが資金運用に乗り出し、今の成功を築いたと経済誌の記事に書かれていたが、それもきっと手掛ける事業のごく一部に違いない。

この船もシルヴェストリ家の持ち物なのだから、船主会社をはじめとする関連事業だけでも、そうとうな規模になるはずだ。

多忙なはずの当主が、自分がオーナーとはいえ、なぜ豪華客船などに乗り込んでいるのか。そのあたりも謎だが、これもきっと仕事のうちなのだろう。セレブが多く乗り込むクルーズ船になら、いくらでも事業のネタが転がっていそうだ。

「船内を歩こう」

ついてくるようにと言われて、麻人はアシスタントパーサーたちと顔を合わせるのが億劫だと思いながらも従った。

イレギュラーな異動であることは誰の目にも明らかだ。なんと噂されているか知れたものではない。バトラー部門に所属するスタッフたちも、麻人の異動を告げられたとき、表面上は笑顔であいさつされたものの、快く思われていないのがひしひしと伝わってきた。

それまでクリスティアーノはバトラーをつけていなかったから、麻人の代わりに誰かが担当を外されたわけではないが、誰もが今の麻人の立場を狙っていたのは想像に容易い。

クリスティアーノに連れられて、まずは最上位クラスの宿泊客専用のレストランへ。部屋のランクによって使えるレストランが違うのは、クルーズ料金に全食事が含まれているためだ。カジュアル船ではこの限りではないし、船によって違いはあるようだが、この《アドリアクイーン号》では、全室が食事つきの料金となっている。

ドレスコードの敷かれたレストランには、ランチタイムだというのに、着飾った紳士淑女が集っていた。

弦楽四重奏の生演奏に、完璧なサービスを提供するホールスタッフたち、三ツ星レストランにも引けをとらない料理はシェフのおまかせで毎日メニューが変わる。ワインの品ぞろえは、陸の一流レストランにもひけをとらない。

「あら、シニョール・シルヴェストリ、今日はこちらでお食事？」

年若い青年を連れた恰幅のいいご婦人が声をかけてくる。食事を終えてレストランを出るところのようだ。

「いいえ、ただの散歩ですよ」

「見まわりね。オーナーの顔を見たら、皆緊張してグラスを割ってしまうかもしれなくてよ」

ほほほ……と声高く笑う。一方で傍らの青年は口を開かない。

「それは困りますね」と微笑んで、クリスティアーノは話し足りなそうなご婦人をやり過ごす。

「元大臣夫人だよ」と、クリスティアーノが婦人の素性を小声で教えてくれた。麻人が気にしているのがわかったのだろう、「彼は若い恋人さ」と苦笑する。

愛人を連れて世界一周クルーズとは、なんとも豪勢なことだと胸中で呆れた。夫は知らないのだろうか。

「もちろん、元大臣も知っているさ。でも何も言わない。いまごろは別の船でクルーズ中だからね」

そちらはそちらで、愛人を連れての旅行だという。

「……その船もあなたがオーナーだったりするのですか？」

この船以外にも持っているのかと尋ねると、「カンがいいね」と返された。たしかに、一隻では船主会社は成り立たないだろうが……。

自分の記憶にあるクリスと、今傍らに立つクリスティアーノとが、あまりに結びつかなくて戸惑う。

クリスの豪奢な金髪はいつも洗いざらしで、手櫛《てぐし》で整えることしかしなかった。助けたときに身に着けていたのも、スリムのデニムにシャツというカジュアルなアイテムだった。

一方でクリスティアーノは、常にオーダーもののスリーピースを身に着け、タイやカフスなどの小物にも気を配る。ワイシャツは最高級の海島綿《かいとうめん》で、質の良さが見た目にわかる。

そういったアイテムを、あたりまえに着こなしている。出自のたしかさを知らしめるように。

麻人の部屋で過ごしていたとき、クリスのちょっとした仕種に、奇妙な品の良さを感じることがあった。その理由が、いまさら知れた。

どれほどラフに纏っても、生まれ持った品格は隠せない、ということだ。

広いレストランを通り抜けるだけのことに、やけに時間がかかった。次々と声をかけられ、呼び止められるからだ。

いずれも、各界のセレブと思しき人々。なかには、麻人にも見おぼえがある人物もいた。たぶんニュースか新聞の記事で目にしたことがあるのだろう。

どこかの国の元大臣か、あるいは大企業の元ＣＥＯあたりか……何人か顔と名前が合致する人物もいたが、もちろん麻人がそれに言及することはなかった。ただ静かにクリスティアーノの一歩後ろに控えているだけだ。

クリスティアーノの言動に耳を欹《そばだ》てながらも、麻人は周囲に目を走らせることを忘れなかった。

マルタイが、近くにいる可能性がある。

アシスタントパーサーとして潜入することに成功したものの、スイートに宿泊しているに違いないマルタイとどう接触するかは、麻人の裁量に任されていた。

だが、不本意ながらバトラーとしてこの場に足を踏み入れることがかなっている。従卒のようにクリスティアーノに付き従っているよりないのなら、この時間を有効利用しない手はない。

広いレストランに、記憶した男の顔はなかった。

薬物売買で私腹を肥やす犯罪者の顔を、麻人は一度見たら絶対に忘れない。これまで獲物と定めた密売人には、かならず手錠をかけてきた。今回も、逃すつもりはない。

「麻人」

「……っ、……はいっ」

名を呼ばれて、周囲に散らしていた意識を引き戻す。

傍らのクリスティアーノを見上げると、細められた碧眼が向き合う人物へと麻人を促した。上品なワンピース姿の妙齢のご婦人が、おだやかな笑みを浮かべて佇んでいた。傍らに同世代の紳士。たぶん夫だろう。

「その制服……専属バトラーなのね。恋人を自慢げに連れ歩くなんて、シニョーレらしくないと思ったの」

ご婦人の揶揄に、クリスティアーノは苦笑して肩を竦《すく》める。

「……？　恋人？」

麻人は困惑に瞳を見開き、長い睫毛を瞬いた。

「だって、とてもお可愛らしいのですもの」

冗談が好きらしい婦人を、紳士が諌める。

「おいおい、彼が返答に困っているよ」

「あら、ごめんなさいね」

麻人には「いえ」と引き攣った笑みで返す以外に対応のしようもない。

「当たらずともあながち間違いではありませんよ、マダム」

するとクリスティアーノが、冗談とも本気ともとれないことを言い出す。ご婦人は興味津々の顔で「まぁ」と美しくネイルの施された手を口元に当てた。

「彼を傍に置きたくて、アシスタントパーサーからバトラーに引き抜いたのです」

「……っ！　クリス……、オーナーっ⁉」

うっかり名前で呼びかけてしまって、ご婦人をますます喜ばせることになってしまう。

「伯爵の恋が実りますように」

陰ながら祈っているわ、とウインクをされて、麻人は唖然《あぜん》と瞳を瞬くしかできない。悪ふざけにもほどがあると傍らを睨みあげても、柳に風で受け流される。

「妙な噂を広められでもしたら……」

ご婦人と苦笑するしかない紳士と別れて、小声で訴える。クリスティアーノは「明日にも船じゅうに知れ渡るだろうな」と飄々と返してきた。

「な……っ、どうして……っ」

どうしてそんなことをするのかと問い詰める。クリスティアーノは、「虫よけだ」と短く返してきた。

「はぁ？」

虫よけ？　なんだそれは……と考えて、虫の意味を理解し、眉間に深い皺《しわ》を刻む。

「上流階級の人間ほど、モラル意識が低い傾向にある。私のお手つきだと触れまわっておけば、妙な気を起こす輩《やから》もいないはずだ」

この場合の虫というのは、男女問わずという意味だと付け足された。

女性に対してするかのような気を遣われたのが不快だった。麻薬取締官は体術も逮捕術も身につけている。素人にどうこうされるほどひ弱ではない。

「……くだらない」

クリスティアーノは、昔の麻人の印象で語っているのだろうと思った。

「きみは、もう少し自分を知るべきだ」

「……意味がわかりません」

同性との関係など、後にも先にもあれっきり。あのときの傷が大きくて、その後まともな恋愛をした記憶すらない。……絶対に、口にする気はないけれど。とくにクリスティアーノのまえでは。

するとそこへ、昼間からしこたま呑んだらしい、足元のおぼつかない中年客が、ふらふらとやってくる。

料金に含まれているからといって、場末の飲み放題と勘違いしている。飛行機の乗客にもたまに見かけるタイプに思われた。傍《はた》から見ていて、あれほどみっともないものはない。

だが、その顔を確認して、麻人は胸中で息を呑む。だがもちろん、表には出さない。

――マウロ・ポルボラ……。

まさしく、今回の麻人の任務のマルタイだった。南米から仕入れた薬物を日本に持ち込もうと、日本の薬物売買組織に接触を図っている男。

手下も何人か船に乗り込んでいるはずだが、あくまでも麻人の狙いはこの男だった。末端をいくら摘発しても意味はない。仕入れルートを握っている人間を潰さなければ。

ゆるめられた襟元に、皺の寄ったスーツ。まったくこの船にそぐわない。赤ら顔でふらふらと歩いてきて、クリスティアーノにぶつかりかけ、慌ててよける。

「おおっと、失礼」

足元がぐらついて、倒れそうになったが、なんとか持ちこたえた。

「いえ、足元にお気をつけて」

クリスティアーノはあくまでもにこやかに、客に応対した。ここぞとばかり話しかけてこないところを見るに、クリスティアーノがこの船のオーナーであることを知らないようだ。あるいは、薬物を売りさばくこと以外に興味がないのか。

足元がふらついているのは、あくまでもアルコールによるものだ。それは見ればわかる。

密売人には二種類いる。自分も薬物中毒で、買っていたのがいつの間にか売る側になっていたタイプと、完全に商売と割りきって、自分は使わず売りさばくだけのタイプ。ポルボラは後者だ。

薬物中毒など、自己責任だという考え方もあるだろう。使用に関して、中毒患者に対する同情の感情は麻人も持ち合わせていない。

だが、中毒患者による交通事故や無差別殺人などといった、無関係の第三者が不運にも巻き込まれる事件が起きている現状がある限り、厳しく取り締まらなければならない。殺傷事件はもちろんのこと、交通事故であっても、もはや事故ではない。殺人だと麻人は考えている。

「麻人？」

ふらふらと立ち去るポルボラの背を見据えていたら、傍らからどうかしたのかと問いが落とされる。

まったく、敏《さと》い男だ。

「あの方は……？」

誤魔化しても見破られると思い、あえて問う。どのみち、麻人が何を思ってポルボラを目で追っていたかなど、クリスティアーノにはわからない。

「ああ……たしかミラノの貿易商だと記憶しているが……なにか？」

「いえ、その……この場にあまり似つかわしくない方のように見えたので」

目で追っていた理由に関しては当然濁した。

だが、麻人でなくても、同じ印象を持つはずだ。他の客からクレームになっていないのだろうか。

「船にはいろんな人が乗っている。それぞれに違った背景を持っている。だからこそ船旅はおもしろいのだよ」

警備専門の船員も乗り込んでいるから、トラブルの心配は無用だと補足された。

「そういうものですか」

ふうん……と、何気なく応じる。今度はクリスティアーノのほうが怪訝そうな顔をした。

「きみはなぜクルーズ船で働こうと思ったんだい？」

船に興味がないのか？　と訊かれて、失言に気づく。船や海が好きか、あるいは豪華客船での旅に憧れてか、クルーズ船で働く理由はさまざまだろうが、麻人の返答は船にも海にもクルーズにもまるきり興味がないように聞こえただろう。

しかもクリスティアーノは、麻人が薬学を学ぶ学生だったことを知っている。その麻人が薬剤師としてではなくアシスタントパーサーとして船に乗り込んだからには、それなりの理由があると考えるのが普通だ。

「答えたくありません」

あえて意味深に応じた。

何かしらの理由があって、薬剤師や研究員になるのではなく、まったく違う世界に進んだのだと、想像の余地を残すために。

「私に会うためでないことだけはたしかなようだ」

ふいに間近にひそめた声を落とされて、驚いて上体を仰け反らせる。麻人の顔を覗き込むように、クリスティアーノが上体を屈《かが》めていた。

「……っ、あたりまえですっ」

偶然出会うまで、この船のオーナーがクリスティアーノであることなど知らなかったのだから。下調べの段階で船主会社やホテル部門を任される下請け会社などについては調べたが、オーナーの名前までは気にしなかった。

そもそも、名前を聞いたところで別人だと思っただろうし、写真を見ても確信が持てたかどうかはわからない。直接顔を合わせたからこそ、記憶の中のクリスとのギャップを即座に埋められたのだ。

間近に迫る肩を押しやり、視線を逸らす。

周囲の目が気になった。ただでさえクリスティアーノが衆目を集めているうえ、バトラーが挙動不審になっていたら、悪目立ちしかねない。

「次はどちらへ？」

どうせ連れ歩かれるのなら、自分も今後動きやすいように、船内見取り図の把握に努めよう。

いまさら……と、どうしても思ってしまう。だから、冗談か本気か知れない言葉になど、惑わされる気はない。そんな暇はない。与えられた任務を遂行するだけだ。

「デッキに出てみよう」

船上デッキにはプールもあればジャグジーもある。プールサイドにはバーやレストランもあって、洋上の太陽光を満喫することができるのだ。

シドニーを出て、赤道方面に向かう船の上には、燦々《さんさん》と輝く太陽。海は紺碧《こんぺき》のブルーだ。――が、イタリア留学中に見たアドリア海の青は、もっと美しかった。この船を《アドリアの女王》と名付けた人は、きっとあの美しい青に高貴な印象を抱いたに違いない。

広い船内は、移動のために歩く距離も馬鹿にならない。だが、さすがにクリスティアーノは船内のつくりを熟知しているようで、最短距離で船上デッキにたどり着くことができた。

デッキに出たのははじめてだった。出港前には、自分が働くエリア以外を確認している余裕がなかったのだ。

日本人客の多いクルーズでは、客層が高齢なのもあってプールで泳ぐ人の姿はまばらだと聞くが、さすがはイタリア船籍だけあって、白髪のご婦人や紳士も、水着で泳ぐ姿が見られる。プール脇のデッキチェアにも、老若男女の姿があった。

太陽光は強いものの、それ以上に海風が心地好かった。

眩《まぶ》さに目を細める。自分がこれほど眩しいのだから、色素の薄いクリスティアーノはもっと眩しいはずだ。

「綺麗……」

アドリアブルーには負けるが、太平洋の青も十二分に美しい。太陽光を弾いて水面がキラキラと輝いている。海が凪《な》いでいるからこそ見られる光景だ。

乗客はおのおの、のどかな時間を過ごしている。泳ぐ人、デッキチェアで寛ぐ人、ボーッと海を眺める人、バーで語らう人などなど……。

日本人観光客のように、カメラを首から下げて常にシャッターチャンスを狙っているような客はほとんどいない。

だから、大きなカメラを構えた人物は目立った。アジア系らしい、玄人はだしのカメラを構えた長身の男性客が目についたのだ。

あそこまで本格的なカメラだと、そのために乗船しているのかもしれない。写真を趣味とする人は多い。船上デッキからの眺めは、どこを切り取っても絵になるだろう。

するど、ファインダーの向こうによほど惹かれる被写体がいるのだろうか、カメラを構えていた男性客が、ファインダーを覗き込んだまま、じりじりと後ずさってくる。避けなければぶつかると察した麻人は、撮影の邪魔をしないように、そっと退いた。

「おっと……Sorry！」

背後の麻人にぶつかりかけたことに気づいて、男性客が驚いた様子で振り返る。詫びの言葉は英語だったが、最初に上げた声は日本語だった。

「いえ……お気になさらず」

日本語で返すと、大きなカメラを抱えた男性は、形のいい眉の下の瞳を瞬く。歳のころは、麻人と同じくらいか、少し上だろうか。クリスティアーノほどではないが、麻人より長身だ。そして華やかな面立ちをしている。撮るより撮られる側にまわったほうがいいのでは？　と思わされる、いわゆるイケメンだった。

「日本人のバトラーさん？」

麻人の制服を確認して、「へぇ……」と興味深げにする。

「小城島と申します。何かお困りのことがございましたら、お申しつけください」

クリスティアーノの専属だと言われたが、かまわず言葉を返した。

「いやいや、自分はバトラーサービスを受けられるクラスの客じゃないんで……。須賀《すが》と言います。ごらんのとおりカメラマンです」

売れてるわけじゃないですけど、と言葉を足し、茶目っ気たっぷりにウインクをした。日本人でこういう仕種がさまになる人は珍しい。

「海の写真を撮ってらっしゃったのですか？」

客の話し相手をしているのだから、オーナーであるクリスティアーノに文句はないはずだ。傍らから視線を感じたけれど、話をつづけた。

「ええ。被写体がよければ、腕がボンクラでもなんとかなるものです」

冗談口調で言って、手にしたカメラを掲げる。「一枚いいですか？」と訊かれたので、「私はスタッフですから」と丁寧に断った。本来のスタッフなら、一緒に写るのも顧客サービスのうちなのだろうが、麻人の場合、証拠が残るのはまずい。

「素敵な写真が撮れますように」

お邪魔をしましたと腰を折る。須賀と名乗った日本人カメラマンは、「ありがとう」と片手を挙げた。そしてまた、海へとファインダーを向ける。

好きなカメラを手を世界一周クルーズとは、なんと優雅な。あるいは、出版社やテレビ局などのスポンサーがいるのかもしれない。あのビジュアルなら、ドキュメンタリー番組をつくっても、画面映えすることだろう。

「きみは私の専属だと言ったはずだが？」

横から伸ばされた腕にぐいっと腰を引き寄せられて、麻人はほったらかしていた男に意識を向ける。

「あたりまえの客対応をしただけです」

それとも、《アドリアクイーン号》の評判を落としてもよかったと？　と挑発的な眼差しで見上げると、クリスティアーノは肩を竦め、「ずいぶんと性格がきつくなったな」と苦笑した。

「余計なお世話です」

腰を抱く腕をやんわりと払う。周囲の目のある場所で、あまり目立つことはできない。オーナーが見目麗しいバトラーを連れ歩いている時点で充分に注目を浴びているのだけれど、麻人にその自覚はなかった。

「少し休もうか」

バーで何か飲もうと誘われる。

「おひとりでどうぞ」

自分はバトラーなのだから同席はできないと返す。クリスティアーノは、「出港したあとでクビにするべきだった」と、ろくでもないことを呟いた。だったら、客として連れ歩けたのに……と。

「ずいぶんと横暴なオーナーなんですね」

スタッフでなければ、出入りできる場所が限られる。せっかく顧客情報にもアクセスできる立場を手に入れたのだから、ここでクリスティアーノの機嫌を損ねるのは得策ではないと思われた。――が、どうしても言葉がきつくなってしまう。

「きみを傍に置きたいだけさ」

「……っ」

耳朶に落とされる甘い囁き。それにドキリとさせられながらも、頑として表には出さない。麻人のプライドだった。

「勝手な……」

呟いて、顔を背ける。

「怒っているんだね」

「……っ」

あたりまえだ！　と怒鳴りたかったが、その言葉も呑み込んだ。

「若いころに、放蕩の限りを尽くした。家には二度と戻らないつもりでいたんだ」

ふいに落とされた呟きに、麻人は顔を上げる。

「……え？」

それはどういうこと……？　と問う眼差しを向けても、それ以上の言葉はなかった。

「風が出てきたな」

船内に戻ろうと、背に手を添えられ、促される。

——放蕩？

麻人と出会ったあのころ、クリスティアーノは伯爵家を出奔していたというのか？

「あの……？」

クリスティアーノの背を追おうとすると、手をとられた。驚いて反射的に振り払ったものの、より強く握られて、放してもらえない。

「クリス……？　あの……っ」

顔が熱い気がした。考えたら、こんなふうに手を繋ぐのははじめてだ。

部屋から出ることなく過ごした三週間だったのだから、当然といえば当然だ。ベッドのなかで指を絡めることはあっても、それとこれとは違う。

クリスティアーノにエスコートされて船内を歩くうち、人気のない広い空間に出ていた。

船内には、誰もが利用できる施設のほかに、客室クラスごとにわかれたレストランのような制限のかかった場所があるのはわかっていたが、それ以外にもこんな場所があるのかと驚かされた。

たぶん、船の最上部に近い。ガラス張りの天井から星空を眺めながら過ごすことができる、ドーム状の空間。真ん中に座り心地のよさそうなソファがひとつ置かれていて、脇に小ぶりのテーブルがひとつ。その他の設備はすべて壁面に収納されているようだ。

ガラスには紫外線カットが施されているらしい。輝く太陽光を浴びている印象はあるものの、暑くはなかった。

「ここは……」

ほかに人の姿はない。クリスティアーノがテーブルに置かれた小さなインターフォンのようなものを操作すると、ややして背後のドアが開いた。

トレーを手にしたバルトが慇懃な様子でやってくる。

「え？　ここ……」

ようやく、クリスティアーノが宿泊するオーナールームと繋がった場所だと気づいた。

トレーには、エスプレッソのデミタスカップと瓶入りのペリエ、よく冷えたグラスがふたつ。

「ここならいいだろう？」

ほかの客の目のない場所でなら、一緒にティータイムを過ごせるだろう？　と言う。バルトは何も言わず下がってしまうし、麻人はあきらめてひとつ嘆息した。

「わかりました」

ほかに座る場所もないから、クリスティアーノと並んでソファに腰を下ろすことになる。

あからさまに距離をとるのも憚られ、少しだけ離れて座った。クリスティアーノが、よく冷えたグラスにペリエを注いでくれる。

歩いたあとだから、今はエスプレッソより、炭酸水のほうがありがたかった。クリスティアーノは、小さなデミタスカップを優雅に口に運ぶ。たしかに十年近い時間が経っているはずなのに、横顔は当時と変わらないように見える。

「きみと出会ったとき、私は――」

「聞きたくありません」

クリスティアーノの過去を知りたい気持ちがないわけではない。でも、訊いてはいけない気がした。過去に引きずられそうな予感が拭えないのだ。

「言い訳をする気はない。だが――」

腕を引かれて、手にしていたグラスが落ちた。割れはしなかったが、床を転がる。それに気を取られた隙に、広い胸に捕らわれていた。

「……っ、やめ……っ」

もがいても、腕の拘束はゆるまない。

頤をとられ、間近に視線を合わされる。アイスブルーの瞳の中心に、言い表しがたい顔をした自分が映されている。

「麻人」

甘い声が鼓膜を震わせる。

うっかり過去の記憶が呼び起こされて、身体から力が抜けてしまいそうになる。唇に吐息が触れて、受け入れてしまいそうになる弱い心を叱咤《しった》した。

「……っ！」

力ではかなわない。けれど、それに対抗する手段はある。

麻薬取締官として身につけた体術と逮捕術で、とっさに抵抗していた。

「放せ……っ」

拘束から逃れて、距離をとる。

見上げる碧眼に、驚きが滲んだ。妙に勘繰られなければいいが……と思いつつも、胸中の不安は表に出さない。

「バトラーの仕事の範疇《はんちゅう》外です」

バトラーは男娼ではないと吐き捨てる。

厳しい色を滲ませる碧眼としばし見つめ合ったあと、麻人は礼を尽くして腰を折った。

「仕事に戻ります。覚えなければならないことがたくさんありますので」

クリスティアーノの専属とはいっても、組織に雇われている身だ。最低限、学ぶべきことがある。

言い訳でしかないことを言って、背を向ける。

部屋を出たところで、バルトと出くわした。無表情な強面が、麻人に向けられる。何を考えているかわからない男の脇を、足早にすり抜けた。

廊下の先に、見た記憶のある景色。クリスティアーノの部屋との位置関係がようやく頭に入る。部屋のドアの前を通り過ぎ、人目のない場所まで来て、ようやく深い息を吐く。

壁に背をあずけて天井を仰ぎ、今一度深呼吸をする。瞼をぎゅっと閉じると、見据えるアイスブルーの瞳が浮かんで、ハッとして瞼を開けた。

「くそ……っ」

小さく毒づく。

どうしてもっと余裕を持ってあしらえなかったのか。口づけに驚くような歳《とし》でもないのに。

理由などわかっている。

少しでも気を抜いたら、受け入れてしまう自分がいるからだ。

未練など、腹立たしいほどに残っている。再会の瞬間、あのアイスブルーの瞳をひと目見たときには、まだ愛していると気づいていた。だから、他人のふりでやり過ごそうとしたのだ。

過去に対して言い訳をされても困る。なのに、わだかまりは抜けない。

言い訳を並べ立てるような男だったなら、麻人の気持ちはあっさり冷めていたかもしれない。何事もなかったかのように振る舞うクリスティアーノが腹立たしくて、でもだからこそ、心の奥底に残した熾火《おきび》を焚《た》きつけられた。

半月ちょっと……半月ちょっとの辛抱だ。横浜で下船したら、仕事以外のすべて、なかったことにして忘れてしまえばいい。

今一度深呼吸をして、麻人は気持ちを切り替える。

自分にはやるべきことがある。過去の想いに振り回されている場合ではない。

いとしい体温を腕から逃してしまった男は、己の掌を見つめ、そのシーンを反復した。

——あれは……。

昔の麻人には、あんなことはできなかった。

クリスティアーノの腕をすり抜けた手管は、偶然ではない。ある種の訓練を受けた者特有の動きだ。

「どうなさいました？」

主の戸惑い顔をうかがって、忠実な側近が怪訝そうな顔をする。ともにらしくない表情をさらしていることに気づいて、クリスティアーノは小さく笑った。

——なるほど。

すべてに合点する。それならそれで面白い。

記憶のなかの麻人は、整った容貌が目を惹いたものの、それ以外は本当に普通の青年だった。容易く手折ることができた。

だが今の彼は、一筋縄ではいかない。それに気づいて、愉快さが込み上げる。

「調べてほしいことがある」

主を気遣う側近に、先ほどまで麻人に見せていたのとはまるきり違う顔を向ける。それを見たバルトも、ただの側近ではありえない気配を纏った。

「かしこまりました」

麻人が出ていったドアにちらりと視線をやって応じる。クリスティアーノはまだ何も指示していないというのに。

「ずいぶんとしたたかな目をするようになったものです」

昔はあんなに儚《はかな》げだったのに……と感想を述べる。愉快そうに。どうやら眼鏡にかなったようだ。

もちろんバトラーとして、という意味ではない。

「もうひとり、気になる男がいます」

こちらも調べていいでしょうか？　と確認をとられて、クリスティアーノは「まかせる」と短く返した。長い付き合いになる側近のやることに、無駄は一切ない。すべてクリティアーノのため、ひいては組織のために、この男は動く。

クリスティアーノの人生において、伯爵家を継ぐことになったのは、まったくの予定外だったが、それ以前に手に入れた闇の力の隠れ蓑《みの》として、これほど利用価値のあるものはなかった。

早くに天国に行った両親と腹違いの弟は嘆いているかもしれないが、どうせ自分が行くのは地獄だろうから、小言を聞くこともないだろうと思っている。

地獄の道行きに、同行者など不要だと思って生きてきた。

だが、再会の瞬間に、予期せぬ欲が湧いた。

今なら、手に入れられる。今の自分には、闇を統べる力がある。あのころとは違う。

口づけを拒む表情から、麻人の裡にも過去が消えずにあることを察した。ならば、迷う必要もない。

欲しいものは手に入れる。

「悪い表情をしてらっしゃいますよ、ボス」

バルトが呼び方を変えた。

「紳士の仮面は疲れる」

主の愚痴を、バルトは肩を竦めるだけで聞き流す。発言と表情が合っていないと、昔は指摘してくれたのに。

側近のつれない態度に苦笑して、「新しいエスプレッソを」とオーダーする。

「私が淹れたものでよろしいのですか？」

強面の側近は、ユーモアのセンスもなかなかだ。

4

その男の姿は、ピアノの生演奏がウリのバーにあった。

広いクルーズ船のなかで、ひとりのターゲットを探すのは容易ではない。何か手を考えたほうがよさそうだ。

ソファ席に陣取ったマウロ・ポルボラは、ワインを水のようにがぶ飲みしていた。高価なワインだろうに、あんな飲み方をされては台無しだ。

近くを通りかかる女性客や女性スタッフにちょっかいをかけ、客には嫌な顔をされ、スタッフには困った顔をされている。迷惑行為を繰り返す客を下船させることはできないのだろうかと思わされる、典型的な困った客だ。

この男がかかわる麻薬密売組織の主な市場は欧州だ。ＥＵ発足以来国境のなくなった陸続きの国々へ、南米から仕入れた薬物を流通させている。さまざまな社会問題の関係もあって、買う人間はもちろん、売人になりたい輩も増えていて、市場はますます大きくなっているのが現状だ。

そんな組織が、アジアに目を向けたのは、腹立たしいことに組織が儲《もう》かっているがゆえ。薬物汚染は世界中に蔓延している。

いったいどこから薬物を積み込むのか、あるいはすでに男の手元にあるのか、わかっていない。だが、日本への持ち込みはなんとしても阻止しなければならない。

単独行動なのか、あるいは密かに仲間が乗り込んでいるのか。そのあたりも探らなければならない。スタッフのなかに、潜り込んでいることも考えられる。

太い柱の陰からバーの様子をうかがっていると、ひとりの男性客がポルボラに近づいていくのが見えた。上品な紳士だ。

酒癖の悪い、お世辞にも品がいいとはいえない男に、自ら好んで近づく輩は少ないだろう。文句を言いにきたのだろうか。それならまずはスタッフに苦情を申し立てるはずだ。

ポルボラの傍らに立った男性客は、二言三言言葉を交わしたあと、テーブルの上のワインボトルをとって、ポルボラのグラスに注いだ。するとポルボラは、用意してあった新しいグラスを差し出して、一杯どうぞ、といったところだろうか、男性客はにこやかに返杯を受けて立ち去る。

——……？　今のは……？

麻人には、船に乗り込む以前から、ひとつの懸念があった。薬物は果たして、寄港地の密売組織に転売するためだけに船に持ち込まれるのだろうか、ということだ。

男性客がボトルを取り上げたとき、ポルボラが返杯を渡すとき、少しぎこちなさを感じた。

——売買が行われている……？

だが、たったひとりの客の様子がおかしかったからといって、決めつけることはできない。もう少し、観察と情報収集が必要だ。

どのみち船内はイタリア。麻人には、どうすることもできない。

ワインボトルが空になったタイミングで、ポルボラは腰を上げた。こちらに向かってくるのを、仕事中のふりでやり過ごす。腰を折り、客に礼を尽くしているふりを装いつつ、こちらの顔は隠させてもらう。

今日もまた、ふらふらとした足取りで、ポルボラは麻人のすぐ脇を通り過ぎる。小型の発信機を、ポルボラのスーツのポケットにこっそりと忍ばせた。

ひとまずこれで、今日一日は居場所の特定が容易になる。その間に、どうにかして悪趣味な腕時計か曇った靴に、発信機を忍ばせたい。

こういう場合には、バトラーよりアシスタントパーサーのほうが、活動がしやすかったかもしれない。仕事を装えば、客室に出入りできるのだから。客の留守を狙って客室に忍び込むことも不可能ではない。

——あとは盗聴器か……。

部屋番号は、顧客情報にアクセスして調べることができる。ポルボラが部屋に戻るまえに、仕掛けてしまうことにしよう。

そうしたスキルも、潜入捜査官として研修を受け、身につけている。潜入は基本的に単独行動だ。

何もかも、ひとりでできなくては務まらない。

バーを出たポルボラが船上デッキへ向かったのを確認して、麻人は客室フロアへ足を向けた。ポルボラは最上級クラスではないものの、スイートルームに宿泊していた。薬物売買で儲けた金で豪遊しているかと思ったら、絶対に許せない。

マスターキーで部屋に侵入し、高感度の盗聴器をリビングのテーブルの裏に仕掛ける。コンセントになら、電源を自動で供給して永遠に動作しつづけるタイプを仕込めるが、それだと麻人が横浜で下りたあとに誰かに悪用される可能性がないとも言えない。盗聴器の電池は、ちょうど日本に着くころに切れるように計算されている。

チェストの上に無造作に並べられた時計ふたつは、すぐに発信機をつけることがかなわず、ひとまず写真に撮った。のちほど構造を確認して、仕掛けられるか検討するためだ。靴も同様に。

しかたないので、クローゼットに吊《つ》るされたジャケットのポケットに発信機を忍び込ませる。一着に仕込んだところで役に立つとは思えないが、一時しのぎにはなる。

携帯端末で、ポルボラが移動をはじめたのを確認して、麻人はすばやく部屋を出た。廊下で誰にも遭遇しないように、足早に立ち去る。

その間にも、廊下に設置された監視カメラの位置と角度を確認した。万が一、カメラに映っていても言い訳がきくように、部屋の入出時にはスタッフとしての演技をしているが、できることなら映りたくはない。

携帯端末と繋いだイヤホンで、盗聴器の動作確認をする。室内はまだ無人だから声は拾えないが、廊下などから届くかすかな雑音は拾っている。感度は良好のようだ。

これで、売買に関係する情報が仕入れられるだろう。あとは現物の有無を確認する必要がある。現物さえ押さえられれば、日本の土を踏んだ瞬間に逮捕することができる。陸に上がれば、日本の法律を適用することが可能だ。

そのときに、クリスティアーノは、どう思うだろう。

自分の船で薬物売買が行われていたと知ったら、ショックだろうか。

何より、自分の正体を知ったら……。そのときこそ、過去の感情と決別することになるかもしれない。

バトラーだからといって、二十四時間顧客につきっきりなわけではない。通常は交代制だし、休憩時間もあるし、休暇もある。シフトにもよるが、寄港地ではスタッフも客と同様に下船して観光を楽しむこともできるのだ。

自室に戻ってあれこれ仕込みをしておこうと、クリスティアーノのもとに戻るまえに自室に足を向ける。スタッフ用の船室は、そのまま残されているはずだった。

が、結論から言えば、麻人の部屋には、すでに別のスタッフが荷物を広げていた。「異動になったんだろ？」と怪訝そうに言われ、「荷物なら、怖い顔の大男が持っていったぞ」とつづけられて、胸中で青ざめる。

捜査に必要なあれこれは、鍵のかかったスーツケースにしまってあるとはいえ、自室に入られるのは予想外だった。

大慌てでクリスティアーノの部屋に戻ると、麻人の剣幕に怯む様子もみせず、クリスティアーノもバルトも、何食わぬ顔で出迎えた。

「どういうことですかっ」

部屋を引き払うなんて！　荷物を勝手にいじるなんて！　常識外れだと詰め寄る。

「あなたの荷物はすべて、隣室に運んであります」

飄々と言われて、麻人は返す言葉もない。バルトは、何が悪いのか、と言わんばかりの表情だ。

「運んだって……自分にもプライベートというものが……っ」

「もちろん部屋には鍵がかかります。休憩時間まで呼び出すようなことはしません」

部屋が変わっただけだと言う。

そういう問題ではない！　と怒鳴ったところで、聞き流されるのがオチだ。麻人はぐっと言葉を呑み込んだ。

捜査の七つ道具に気づかれなかったのなら、ひとまず良しとするしかない。しかし、今後の行動がやりにくくなる。

とはいえ、そんな理由を口に出せるわけもなく、麻人にできるのは、この状況を最大限捜査に役立てることだけだ。

「……わかりました」

ひとつ息をついて、吐き捨てる。

クリスティアーノは、愉快そうな視線を向けた。

「思ったより聞き分けがいいな」

「……文句三昧で抵抗したほうがよかったと？」

「そうは言っていない」

余裕たっぷりに返すクリスティアーノの横顔を睨んでいても、状況が変わるわけではない。

「最初に、惚《とぼ》けようとしたのは悪かったと思っています。でもだからといって、こんな嫌がらせ……」

「嫌がらせ？」

「そうでしょう？　私から仕事を奪って、自由を奪って、何をさせたいのですか？」

傍に置きたいだけだなんて、冗談にもならない返答なら聞きたくない。もっとまともな理由が聞きたい。……と思っていたら、そのままの言葉を返されて、麻人は絶句する。

「きみを傍に置きたいからだ。……と言わなかったかな？」

「……っ」

アイスブルーの瞳を見返せなくて、ふいっと視線を逸らした。

「冗談のセンスはないですね」

「冗談ではないからな」

「いまさら……っ、……っ」

言いかけた言葉を呑み込んで、身体の横で拳をぎゅっと握る。迸りそうになる感情を奥歯でぐっと噛み殺した。

「きみは、私の口からどんな言葉を聞きたい？」

「……は？」

「何も言わずに消えて悪かった。でも捨てたわけじゃない。しかたなかったんだ。きみのことは一日たりとも忘れたことはなかった」

棒読みセリフに滲む揶揄。こちらも「それから？」と挑発する。

「今でも愛している」

胸中で息を呑んだが、どうにか驚きを表に出すまいとこらえた。

「それはおかしいですね」

自分の声から感情が抜け落ちていくのがわかる。

「どこがかな？」

クリスティアーノの声も、平坦に聞こえた。

「だって、愛なんてなかった」

血を吐く想いで、その言葉を口にした。

クリスティアーノの碧眼が、強い感情を滲ませて細められる。けれど、どんな感情かまでは読み取れなかった。憤りのようであり、哀しみのようでもある。

「身体だけの関係だった。ひととき、性欲の捌け口が欲しかっただけでしょう？」

どういう経緯で追われて傷を負ったのかはいまだもって知らない。けれど、身を隠していたのは事実だ。その間、肉欲を解消する相手として、手っ取り早く一番近くにいた麻人に手を出しただけのことだ。

違うというのなら、何がどう違うのか言ってみろ！　と、言葉にしないものの、見据える眼光に含ませた。

「そうだ、と言ったら？」

「別に」

どうせもう過去のことだと吐き捨てる。

「では、本当に愛していたと言ったら？」

「嘘はいりません」

嘘でも、クリスティアーノの口から「愛」などという言葉は聞きたくない。甘ったるい声で紡がれる単語には、心を侵食する威力がある。

「嘘……か」

零れる苦笑。

「取りつく島もないな」

よくもまあ、そこまで何もかも否定してくれるものだと、呆れた声が言う。肩を竦めて、指の長い綺麗な手が、やわらかな金髪をかき上げる。その美しい髪が事実とてもやわらかくて繊細な金細工のようであることを、麻人は知っている。

「なら――」

笑いを引っ込めた男が、大股に麻人のまえに立つ。

伸ばされた手が、麻人の頤を捕らえた。その手を払う。すると今度は、腕を取られ、引き寄せられた。リーチの長い腕に囲われ、逃げられなくされる。

その手には乗らないと、拘束を解こうとする。だが、今度はうまくいかなかった。

「同じ手は利かない」

間近に愉快そうな声が落とされる。

どこでそんなものを身につけたのかは知らないが、ふいを突かれた一度目はともかく、二度目はないと言う。

「……っ」

間近に碧眼を睨みあげる。

強く腰を引き寄せられて、胸と胸が密着した。

「放……っ」

「十年前がよくて今がダメということはないだろう？」

――……っ!?

言葉尻をとられたことに気づいた。

拒む理由を潰される。逃げ場を失う。

「バトラーに手など出さずとも、アバンチュールのお相手なら、いくらでも候補者がいるでしょう？」

バーで気に入った女性に声をかければいい。クリスティアーノの誘いを断る女性など、いるとは思えない。

「ずいぶんと買いかぶってくれる。私はそれほどもてないよ」

「そういう無意味な謙遜は嫌味でしかないと知るべきです」

伯爵家の当主で実業家で豪華客船のオーナーで、しかもこのビジュアルで、よくもそんなことが言える。

クリスティアーノに連れられて船内を少し歩いただけで、彼に向けられる無数の秋波に気づかざるをえなかった。世界一周の航海中、細君や恋人を同伴しなくとも、相手に困るはずがない。……結婚しているのかは、調べなかったから知らないけれど。恋人の存在なんて、もっと知るわけがない。

「この唇は――」

頤を捕らえた指が、麻人の唇をなぞる。ゾクリ……とした悪寒が背筋を伝いあがった。首筋がそそけ立つ。

「――ずいぶんと可愛くない言葉ばかりを紡ぐようになった」

昔はもっと可愛かったと笑う。誰がそうさせたのだと、罵ってやれたらどれほど気持ちいいだろうか。

「お気に召さないのなら……、……っ！」

噛みつこうとした言葉を遮られた。顔を上げた隙を突かれたのだ。

「……っ、……んんっ！」

いきなり深く咬み合わされ、腰を抱く腕を強められる。ノーブルな見た目にそぐわぬ荒々しい口づけが、麻人の痩身から抵抗の力を奪った。

「や……め、……っ」

肩を押しやっても、逃げられない。近接格闘術には、拘束されたときに逃れる手段がいくつかある。たしかに麻人は、マトリ仲間のうちでも決して猛者というわけではない。それでも、自分の身を守れる程度には、そうした体術を身につけたつもりでいた。なのに、かなわない。

それは、クリスティアーノが麻人以上の手練《てだれ》であることを示している。伯爵家の当主がなぜ？　と思うものの、そうした思考も、やがて滞りはじめた。

はじめ荒々しいものだった口づけが、麻人の身体から抵抗の力が抜けたのを見て、甘ったるいもの

へと変化する。口蓋を舐られ、舌先を強く吸われて、膝が笑う。腰の奥に重い熱が溜まりはじめる。

「……んっ、ぁ……っ」

甘いリップ音を立てて、唇が離れた。けれどすぐに戻ってきて、腫れぼったく艶めく唇を啄まれる。

ベッドへ誘うときの、クリスのやり口だとすぐに思い出した。こうされると麻人は弱くて、すぐに瞳を潤ませ、広い胸に身体をあずけたものだった。

もはや、あのころの自分ではないと思うのに、身体はこの男のやり方を覚えているのか、持ち主の意思に反して熱を上げる。

悔しいことに、肉体はこの男を求めている。

いや、再会の瞬間から、本能が望んでいた。

理性で懸命に抗っていたのに、たかがキスひとつで、なけなしの抵抗も奪われるなんて。

——利用してやる。

それだけだ。そのためだ。

胸中で繰り返す言葉は、自分自身に言い聞かせている以外のなにものでもない。そうしていないと別の意味を孕んでしまいそうな予感に恐怖する。

「バトラーなんて、名前ばっかり」

口づけを解いた唇に、麻人は噛みついた。クリスティアーノの碧眼が、驚きと愉快さに見開かれる。

「これじゃ男娼だ」

どうせそのつもりで傍に置いたくせにと批難する。

「金で自由にされるようなきみじゃないだろう？」

「億の金を積まれたって、あなたの自由になどならない」

あたりまえだと返す。

間近に見据える瞳いっぱいに、必死の形相の自分が映されている。とてもクリスティアーノを騙せているとは思えないけれど、認められないものはしかたない。

これ以上の言葉は不要だと言うように、合わされる唇。今度は情熱的に、貪られた。胸を押し返そうとしていた手を、肩へ滑らせる。腰を抱かれて、たくましい首に縋った。

金で買われてなどやらない。でも、今、クリスティアーノを受け入れようとする自分がいる。この矛盾を言葉にできない。できないから、「利用するためだ」「捜査のためだ」と言い訳を並べ立てる。

誘われたベッドルームは、さすがはオーナーの客室と驚かされる、豪華なつくりだった。船内とは思えない高い天井、贅沢な空間の使い方、何より中央に置かれたキングサイズのベッド。

ベッドに倒されて、それに気づく。

昼間に連れられた、天井がガラス張りの部屋と同じつくりになっていた。もちろんマジックミラーになっていて、外からは見えない。それが天井だけでなく、二面の壁にも及んで水平線のかなたに沈む夕陽が望める。

心が通じ合って抱き合うのなら、これ以上ロマンティックなシチュエーションはないだろう。だが、肉欲にまかせて身体を繋ぐだけの行為には、過剰な演出だ。麻人は意図的に視界に入れないことにした。だが、抱き合ううちに陽が沈めば、今度は見上げた先に星空が広がることになる。夕陽以上に余計なことだ。

襟元を乱されて、身体の力を抜いた。

ストイックさの際立つバトラーの制服を乱されることに、言い知れぬ背徳を覚える。それでも、そもそもバトラーではないのだから、いくらかマシかもしれない。

クリスティアーノの指先に、過去の記憶を重ねる自分がいる。

クリスは、いつも少し意地悪だった。麻人を泣かせて悦《よろこ》ぶようなところがあった。けれどクリスティアーノは、紳士だった。

探るように肌を這う掌の熱さ、そのあとを追うように落とされる愛撫《あいぶ》。やさしすぎて、甘い声を上げてしまいそうになる。乱暴に求められるほうが、よほどマシだ。

「そんな…の、いら、な……」

丁寧すぎる愛撫など不要だと手を払う。クリスティアーノの碧眼が責めるように細められた。

「慣れていると？」

この十年の間にも、身体を繋ぐ相手が複数存在したのかと問われる。

「あなたには関係な――、ひ……ぁっ！」

たいして慣らしもしない後孔に長い指を突き立てられて、悲鳴が迸った。細腰が跳ねる。

「たしかに、やわらかいな」

慣らしてもいないのに、麻人のそこは戦慄《おのの》き、いくらかの抵抗は見せたものの、クリスティアーノの指を受け入れていた。

肉体が求めるからだとは、認めがたかった。

この十年あまり、ろくな恋愛もしてこなかった事実など、口が裂けても言うつもりはない。

ならばなぜ、今この肉体は男を受け入れようとしているのかなんて、もっと言及したくない。

「あのころとは違――、ひ……ぁ、あぁっ！」

強がろうとした蓮《はす》っ葉《ぱ》な言葉は、皆まで紡ぐまえに途切れた。クリスティアーノの長い指が、感じる場所を押し上げたのだ。

涙に滲む視界を上げて、のしかかる男を見やる。ネクタイのノットに指を差し込み、乱暴に引き抜く仕種が、妙に艶めかしく映った。過去の記憶にはないものだ。

上質なシルクの衣擦れの音。ジャケットとベストを脱ぎ捨て、ワイシャツの前をはだける。露わになった胸板は、記憶にあるものより、力強さを増しているように思えた。

甘く喉が鳴る。

のしかかる肉体に発情している自分を認めざるをえない。

素肌と素肌が触れ合ったとき、広い背に縋って熱い息を吐き出していた。

「あ……ぁっ、ひ……っ！」

じわじわと埋め込まれる灼熱の杭が、蕩けた場所を切り裂く。麻人にとっては、真実十年ぶりの熱だった。クリスティアーノ以外の誰かなど、知るはずもない。

けれど、気づかれたくはなかった。だから、慣れたふりで甘い声を上げるつもりでいたのに、白い喉から迸ったのは嬌声。

「ひ……ぁっ！　や……ぁっ！」

広い背にひしっとしがみついて爪を立てる。慣れたふりをする余裕などなかった。

穿つ欲望の熱さも力強さも、記憶にあるまま。いや、それ以上の荒々しさと執拗さとで、麻人を翻弄する。

最奥を穿たれるたびに、内壁が戦慄き、滾る欲望からしとどに蜜があふれた。

仰け反らせた白い喉から濡れた嬌声が迸る。

もっと奥へと誘い込むように、白い太腿を男の腰に絡みつけた。

「あ……んんっ！　——……っ！」

何度も名を呼びかけては呑み込み、こらえきれなくなって縋った肩に噛みついた。

その痛みに煽《あお》られたかのように、律動が激しさを増し、視界がガクガクと揺れる。滴る汗に滑る指先に力を込めた。

ひときわ深く穿たれて、瞼の裏が白く染まる。最後に抱き合った夜以来の、深すぎる快感だった。

「——……っ！　あ……ぁっ、……っ」

瘦身が瘧のように震え、クリスティアーノ自身を受け入れた内壁がうねる。引き絞る動きに煽られて、猛々《たけだけ》しい熱が最奥で弾けた。

「ふ……ぁっ、……んんっ」

熱い飛沫に細胞まで侵食される感覚。背徳的なそれが、次なる熱を呼び起こす。

瘦身をシーツに沈ませて、縋る肩越し、天井を見上げる。いつの間にか落ちきった宵闇が、星空に変わっていた。降るような、満天の星空だ。

よりによって、こんなに美しくなくてもいいのに……と思わされる。

曇り空ならよかった。月明りすらなければ、上からうかがう男の表情など、見なくてすむのに。啼《な》き濡れた表情を、見られずにすむのに。

「ん……っ」

麻人の内部で、クリスティアーノの欲望は熱を失わないまま、力強さを保っている。その刺激が、喉を震わせた。

「もう……」

これ以上はダメだと肩を押す。

「まだ、放さない」

一度で許されるとでも？　と、耳朶に囁く意地悪い声。昔に聞いた記憶のある、鬼畜さをたたえた低い声だ。

最後の夜以来の受け入れる行為は、たしかに麻人の肉体に負担だった。それでも、熱欲が勝った。身体がきついと訴えるのはもっと憚られた。慣れたふりをした手前、辻褄が合わなくなる。強がったと思われるのは嫌だった。

「しつこ、い……っ」

毒づいて、でも強く抗いはしなかった。抗えるほどの力が、もはやなかった。高められた肉体が、次なる喜悦の予感に震える。

なんと浅ましい……と、胸中で嗤った。

けれどどのみち、日本に着くまでの間のことだ。クリスティアーノにしたって、アバンチュールのつもりしかないに違いない。伯爵家の当主が、夫人を娶《めと》っていないなんて、ありえないのだから。

それに気づいた瞬間、抗う腕から力が抜けたのは事実だった。今だけと割りきって、抱かれればいい。

「きみのココも、もっと欲しいと言っている」

「サイ…テー……っ」

毒づく唇を、熱い口づけに塞がれる。

絡む舌の甘さに、否応なしに過去の記憶を呼び起こされる。

口づけだけは、拒むべきだった。身体だけ、さっさと差し出してしまえばよかった。そうしたら、こんなに胸が震えることもなかったろうに。

気づいたら、ガラス張りの天井から燦々と太陽光が降り注いでいた。

昨日……いや、今朝がたまでクリスティアーノの腕のなかにいて、水平線の向こうに朝陽が昇りはじめるのを見た記憶はあるが、そこまで。そのまま意識を混濁させたのだと気づく。

「……っ」

起き上がろうとしたら、身体中に鈍痛が走った。筋肉痛など、いったい何年ぶりだろう。あらぬ場所に感じる鈍い痛みには目を瞑ることにする。

腕のなかの麻人が目覚める一部始終を目撃していたアイスブルーの眼差しこそ、なかったことにしたいが、許されないだろう。

クリスティアーノの胸に抱かれた恰好で目覚めたことに、瞼を開けた瞬間には気づいていた。硬い腕枕の感触には覚えがある。

小さく呻いた麻人を、クリスティアーノが腕に引き戻す。

「放してください」

いつまでもこうしているわけにはいかない。クリスティアーノはともかく、麻人には仕事がある。ふたつの意味で。

「今日は休むと伝えてある。ここでこうしていればいい」

バトラー部門の長には、休みだと伝えてあるという。勝手なことを……と思ったが、言ったところで状況が変わるわけもない。どのみちすでに太陽は中天にさしかかっているのだ。

「よほど私をクビにしたいのですね」

呆れ口調で指摘する。

クリスティアーノは、「そのつもりなら、最初からそうしている」と苦笑した。

ベッドから起き出したクリスティアーノが、麻人を抱き上げる。反射的に出かかった文句は、軽く啄むキスに止められた。

そのままバスルームに連れられ、たっぷりの湯を張ったバスタブに沈められる。クリスティアーノの腕のなかというシチュエーションはいただけないが、肩まで湯に浸《つ》かれるのはありがたい。船員用の部屋にはシャワーしか設置されていなかったのだ。

湯に浸かっているうちに、身体の痛みも徐々に楽になる。やわらかな湯の心地好さに、ギスギスしていた気持ちが多少ほぐれた。

あきらめ半分、打算半分、麻人はクリスティアーノの肩に後頭部をあずける。

「もしかしてこの船、自分がクルーズ旅行をするためにつくったんですか？」

こんなに広くて快適なオーナー専用ルームなど、どの船にもあるものではない。

「一隻くらい、わがままを通してもいいだろうと思ったんだ」

何隻か所有しているクルーズ船すべてに、こんな設備をつくったわけではないと言う。つまり、クリスティアーノが乗るのは、かならずこの船だということだ。

万が一にも、またクルーズ船に潜入することがあったら、《アドリアクイーン号》だけは避けようと心に決めた。

「きみはどうして、この船で働こうと思ったんだい？」

豪華客船はいくらでもある。なぜ《アドリアクイーン号》を選んだのかと訊かれて、返答に詰まった。たまたま、以外に返す言葉はないのだ。

「それ…は……」

言葉を探して、最初に浮かんだ言葉を紡ぐ。

「とても、綺麗な船だったから……」

真っ白な船体にアドリア海の青を写し取ったかのようなブルーのラインが美しい。船体のデザインもシルエットが優美で、まさしく女王の風格だ。

「アドリア海を航行する姿は、もっと美しいよ」

ぜひ見てほしいと言われて、麻人はドキリとした。三か月以上の乗船が雇用条件だったため、それを呑んで乗船しているが、横浜に着いたら下船する。ポルボラの逮捕がかなえば、上司から船長に話がいくことになっている。

湯に浸かるときに、麻人はひとつ確認をしていた。クリスティアーノの脇腹に、うっすらと残る傷痕。さほど深い傷ではなかったものの、鋭利なナイフで切られたうえ、すぐに病院で手当てできなかったために残ってしまったのだろう。

「バルトさんは、秘書ではなくボディガードですね？」

クリスティアーノほどの立場なら、その必要があるだろう。

「秘書兼ボディガードだよ」

元傭兵《ようへい》だと説明されて、あの迫力に合点する。

「制服の警備員以外にも、私服のボディガードが配置されている、ということですか？」

彼ひとりですべてを担うことは不可能だろう。クリスティアーノの安全確保のために、どれほどの人員が割かれているのか。

そんなことを訊いたのは、もしかして自分にも？　と疑念が過ったため。万が一、監視されているとすると、行動を制限される。

「どうしてそんなことを？」

「え？　いや、なんとなく……」

名家の当主も大変だな……と思っただけだと誤魔化す。クリスティアーノは苦笑して、「継ぎたくて継いだわけじゃないからな」と呟いた。

若いころは放蕩の限りを尽くしていたと言っていた。麻人と出会ったころのことだと容易に想像がつく。何をして暮らしていたのか不明だが、スーツを着るような生活はしていなかったはずだ。

家を出た理由はわからないけれど、結局あのあとクリスティアーノは家に戻り、家督を継いだ。家を出るのにも、その家に戻ったのにも、ちゃんとした理由があったのだろうと想像がつく。

なぜ？　と問いたい気持ちにぐっと蓋をして、麻人はやわらかな湯を掬《すく》いとる。高い天井にこだまする湯音が耳に心地好くて、ため息をつきたくなる。大きな手に濡れた髪を梳かれて、瞼を閉じそうになる自分に心底ウンザリした。


部屋のドアに鍵をかけて、ようやくホッとひとつ息をつく。

身体がつらいのをあえて隠さないでいたら、今日一日はベッドでゆっくりしていればいいと言って、クリスティアーノは出ていった。

一日に何度か、船内を見て歩くのは、オーナーの仕事のひとつのようだ。

スタッフの働きぶりをチェックするというのではなく、乗客とコミュニケーションをとり、次の仕事に繋げることに意味があるのだろう。

なかには、クリスティアーノが乗り込んでいるのを期待して、このクルーズに参加している客もいるのではないか。シルヴェストリの名前から得られる事業的旨みに、魅力を感じない実業家も投資家もいないはずだ。

クリスティアーノがバルトを伴って部屋を出るのを確認して、麻人はベッドを出た。身体がつらいのは嘘ではないが、動けないほどではない。仮病だ。

クリスティアーノとバルトの目があってはできないことが多々ある。ひとりになりたかった。与えられた部屋は、説明どおり鍵がかかった。とはいえマスターキーを使えばドアは開けられる。完全なプライベート空間ではない。

トランクの中身をたしかめ、必要な小道具をそろえる。いじられた痕跡はない。盗聴器の有無も確認した。計器に反応はなかった。

ここからでは距離がありすぎて、ポルボラの部屋の盗聴はかなわない。だが発信機には反応があった。腕時計型の携帯端末のディスプレイに表示されるマークが動いている。ポルボラは、カジノにいるようだ。

船内での薬物売買の実態を探らなければならない。客と接触するのなら、カジノは最適な場所といえる。

バトラーの制服ではなく、私服のスーツに袖を通した。休んでいればいいと言われたから、ありがたく時間を使わせてもらうことにする。クリスティアーノに見つかったら、退屈になって出てきたと言えばいい。

日本では法的に許可されないカジノも、豪華客船の旅の楽しみのひとつに挙げられている。もちろん、節度を持って楽しまなければならない。

劇場や映画館などのエンターテインメント施設のもうけられたフロアに、カジノも置かれている。ルーレットにカード、スロットなど、さしてルールを知らなくても楽しめるものから、上級者向けのものまで、各種のゲームがそろっていて、多くの客が集っていた。

時間を確認するふりで腕時計型の携帯端末のディスプレイを確認しつつ、カジノ内を歩く。耳には無線タイプのイヤホン。音声情報を得るためだ。

ルーレットのテーブルにつくポルボラを見つけた。だいぶ負けが込んでいるようだ。チップのコインは、ポルボラの向かいに座る紳士の前に積みあがっている。

もしかしたら、金回りのいい客を物色しているのだろうか。豪華客船の旅を楽しむ優雅な旅行客とはいえ、一生に一度の経験のつもりで乗船している客もいれば、何度もクルーズを楽しんでいる客もいる。カジノで勝ち越した上機嫌の客に、薬物を売りつけていることも考えられる。

ルーレットのテーブルの近くに置かれたスロットマシンに腰かけた。スロットを愉しむふりで、背後に意識を集中させる。

「いやぁ、ダメな日は何をやってもダメですなぁ」

ポルボラが、酒に焼けた声で笑う。

「今日は勝たせてもらった。またいつでも受けて立ちますよ」

向かいの紳士が上機嫌で返した。

スーツもネクタイも腕時計も、ブランドものだが、金に飽かせた、という形容がしっくりとくる。

本当に上質なものをさりげなく身に着けるクリスティアーノとは比べようもない。それでもポルボラに比べれば充分に紳士だ、という意味だ。

「一杯おごりますよ」

「それはいい」

意気投合したらしい中年ふたりは、連れ立ってバースペースへ。あの様子では初対面だ。薬物云々《うんぬん》という話にはならないだろう。

呑みはじめれば、長っ尻になるはずだ。ひとまず部屋に戻るか……と、腰を上げたとき、視界の端に長身のシルエットが映った。特徴的なものを手にしているから目につくのだ。

——あれは……。

船上デッキでぶつかりかけた、自称カメラマンの日本人客だ。

遠目に見ると、細身ながら鍛えられた体格をしていて、カメラマンというのは身体を鍛えていないと務まらない仕事なのだろうかと思わされる。ネイチャーカメラマンならわかるが、彼はどんな写真を撮っているのだろうか。

なんとなく気にかかる男だった。

そんなことを考えながら、つい視線を向けてしまったのがいけなかった。向こうも麻人に気づく。笑みを浮かべて歩み寄ってきた。

「やぁ、昨日のバトラーさん。……ええっと…」

「小城島です」

名前を思い出そうとしてくれるのに、助け船を出す。麻人は男の名前を憶えていた。須賀と名乗ったはずだ。

「今日はオフですか？」

「ええ、まあ」

「じゃあ、鬼の居ぬ間にってことで、一杯どうです？」

ここではなく、もっと風通しのいいレストランへ行こうと誘われる。

「鬼？」と瞳を瞬くと、「オーナーですよ」と声をひそめられる。促されるままに、カジノを出た。

「昨日、俺が小城島さんに声をかけたら、すごい目で睨まれたから」

ウインク付きでそんなことを言われて、麻人は驚く。

「まさか」

初対面の相手に、そんな印象を持たれるとは。

「よほど小城島さんのことがお気に入りなんですね、シルヴェストリ閣下は」

サラリとクリスティアーノの名前が出てきて、さらに驚く。

「ご存知なのですか？」

「そりゃあ、南イタリアの名門の当主で、世界的に事業を展開させる実業家で、さらにはあの若さと美貌とくれば、俺らみたいな仕事をしてる人間は、食指をそそられるというか……」

実はクリスティアーノ狙いで船に乗っているのだと、小声で告白された。

「それはどういう……」

「愛人同伴かと思ったら、違ってたみたいで。外れか～ってガックリしてたら、小城島さん連れてるし」

「いえ、私は……」

バトラーを連れ歩くのは、そんなに注目を浴びるようなことだったのだろうか。次からは気をつけなくては。

船上デッキに出て、昨日クリスティアーノに誘われたものの仕事中だからと断ったレストランに足を向ける。

「どちらから乗られているのですか？」

「俺はメルボルンからです」

飛行機でオーストラリアに入って、カメラ片手にあちこち巡ったあと、メルボルン港から乗り込んだのだという。

メルボルンは、麻人が乗り込んだシドニーの、ひとつまえの寄港地だ。

「風景や自然を撮影されていたのですか？」

「……？　どうして？」

「いえ、とても鍛えてらっしゃるように見えたもので」

ネイチャーカメラマンなら、鍛えられた肉体をしているのもわかると思ったのだ。

「ああ、これは、子どものころから剣道と柔道をやってたんで。もうやめて久しいですけどね」

「そうなんですか」

失礼な印象かもしれないが意外だった。軽い口調で話すカメラマンと武道が結びつかない。

「好きで撮ってる写真と、食うために撮ってる写真は別ですからね。セレブな方々の下半身事情はいい飯の種なんですけど」

悪びれず言われて、苦笑するしかない。

「バトラーとしては、聞かなかったことにさせていただきます」

そんな危険人物を船に乗せておくわけにはいかないと、こちらも茶化して返す。

たしかに、愛人同伴でクルーズを楽しんでいるセレブはいるだろうが、寝室のなかまで探られるのは不愉快に違いない。

「小城島さんとオーナーなら、絵になるのになぁ」

「ご冗談を」

この男には気をつけたほうがいい。麻人の感覚神経が危険だと告げている。ただのカメラマンだとしても、自分にファインダーを向けられるのは困る。

万が一、どこかに流出したりすれば、今後潜入捜査の任につけなくなる危険がある。インターネット社会の怖いところだ。

プールのほうが少し騒がしくなった気がして、顔を向ける。

「麻人」

クリスティアーノがレストランに入ってくるのが見えた。捜されたのか、あるいは船内を巡っていてたまたま遭遇したのか……前者だな、と結論づける。

麻人の隣のスツールに腰を下ろす須賀を見やって、「昨日もお会いしましたね」とニッコリ。うすら寒い笑みに感じるのは気のせいだろうか。

だが、微笑みを向けられた須賀のとった行動は、予測の範疇を大きく逸脱したものだった。

「須賀です。一枚よろしいですか?」

お見知りおきを、と言いながら、不躾《ぶしつけ》にシャッターを切る。

——……っ!?

さすがにこれには、麻人も驚いた。

クリスティアーノの表情は変わらないが、対照的に一歩後ろに控えていたバルトは纏う空気を尖《とが》らせた。

「ご遠慮ください」

進み出て、カメラのファインダーを退ける。須賀は「壊さないでくださいよ」と茶化した口調で返す。大した腹の据わり具合だ。

「撮影は節度を持ってお願いします」

「興味を惹かれる被写体があったら、シャッターを押さずにはいられないんですよ」

悪びれず返して、今度はバルトの目の前でパシャリ。さすがのバルトも、目を眇めた。

「伯爵閣下のボディガードにしては、ずいぶんと剣呑な経歴をお持ちのようで」

「パパラッチか？」

「そんな上等な者じゃないですよ」

――パパラッチ？

だとすれば、この厚顔ぶりもわかる。

スキャンダル狙いで豪華客船に乗り込む意味もあるだろう。メルボルンにも、バカンス中の有名人を追いかけて行っていたのかもしれない。

だが、そこまで下世話な男だろうか。麻人の肌感覚が違和感を訴える。よくわからない男だ。

「私はかまいませんが、ほかのお客様からの苦情はないようにお願いします」

バルトを諌め、クリスティアーノが余裕の表情で返す。須賀は「相手にしてもらえてないみたいだ」と肩を竦めた。

「では、私はこれで」

クリスティアーノと一緒に部屋に戻らざるをえないだろう。

「楽しいお話をありがとうございました」

「こちらこそ」

いいものを見られたし、と口角を上げられる。何を言わんとしているのか、麻人にはわからなかった。

だが、スツールを下りた麻人が背を向ける瞬間に、麻人にのみ聞こえる程度の声が鼓膜に届く。

「気をつけて」

――……え？

「いろいろキナ臭い噂もある人だから」

思わず足を止めていた。須賀はニコリと悪戯な笑みを向けて、今度は茶化したように言う。

「ワルイ紳士に遊ばれないようにね、美人のバトラーさん」

「……」

低く抑えた声は、まるで別人のものに聞こえた。

「ご忠告感謝します」

さして意味も考えずに言って、踵《きびす》を返す。

――あの男……何者だ？

麻人の裡に、違和感が募る。

「寝ていろと言っただろう？」

身体は大丈夫なのかと、クリスティアーノが麻人の腰を抱き寄せる。

「平気です」

慣れてますから……と嘯《うそぶ》いて、背を支えてくれようとする腕から逃れた。須賀に撮られでもしたら面倒だ。

クリスティアーノとバルトに挟まれるような恰好で、部屋に戻る。その途中、ポルボラがひとりの中年女性と話をしているのを見かけた。クリスティアーノとバルトの手前もあって、観察する間もなく通り過ぎる。

だが、麻人の目は、あるものを捉えていた。女性の目つき。

ラテン系だろう、ブルネットの髪に緑眼の、セレブマダムといった雰囲気の女性の目の焦点が怪しいことに、麻人は気づいた。

薬物中毒者の顔だった。

麻薬取締官なら、見ればわかる。

――やはり、船内で売りさばいているのか？

自分を囮にするのが一番手っ取り早いが、リスクも伴う。ひとり旅に見せかけているが、ポルボラが単身だとは考えにくい。一方でこちらは、事実単身だ。多勢に無勢となれば分が悪い。

麻薬取締捜査には、時間が必要だ。

マルタイの動向を観察し、接触を図ったあとは時間をかけて信頼を得、己を囮として差し出す。

一朝一夕にかなうものではない。だが、麻人にはあまり時間がない。

傍らのクリスティアーノをチラリと見やる。

須賀の言うとおり、彼にとって自分の存在が特別なものならば、その立場に納まりつつ、ポルボラに接触する機会を待つのがいいだろう。

――「愛人同伴かと思ったら――」

須賀の言葉が鼓膜にこびりついて離れない。

当初、須賀が狙っていたのは、自分のことではない。同伴させるに違いないとアテをつけていた愛人の存在があったのだ。

だからどうしたと、胸中で吐き捨てる。

細い廊下を、向こうから老夫婦が歩いてくる。道を空けるようにクリスティアーノが壁際に寄る。そのときに、さりげなく麻人の肩を抱いて引き寄せた。

軽いあいさつを交わして、老夫婦が行き過ぎる。そのあとで、麻人は肩を抱く手を払った。

「須賀さんの狙いは、あなたのスキャンダルだそうですよ」

愛人同伴のときにはお気をつけて、と嫉妬に狂った女のようなことをつい口にしてしまう。見苦しいとすぐに気づいたが、覆水は盆に返らない。

「愛人か……気をつけることにしよう」

どんな言い訳が返されるかと思いきや、そんなふうに言われて、カッと思考が沸騰するのがわかった。

「……っ」

だが、返す言葉などあるはずもなく、きゅっと唇を引き結び、足早に廊下を歩く。

自室に閉じこもってしまいたかったのに、ドアを開けるまえに、後ろから伸ばされた手に二の腕を摑んで止められた。そして、耳朶に落とされる忠告。

「あのカメラマンには近づかないことだ」

パパラッチだから、ということか？

怪訝に眉根を寄せて振り仰ぐと、そこには冷えた色をたたえた碧眼。

はじめて目にする色に思えた。過去に見たものとも、いつもの紳士然とした優雅さをたたえたものとも違う。

ゾクリ……と、悪寒が背筋を震わせた。何をされたわけでもないのに、膝から力が抜けそうになる。

――なんだ……？

理解しかねて、長い睫毛をひとつゆっくりと瞬く。

そこにあったのは、いつもの、アイスブルーの瞳。アドリア海の青を思わせる、宝石のように美しい瞳。

自分が見たものはなんだったのか、わからなくて間近に碧眼を見上げる。

片腕で痩身を抱き寄せられる。

戸惑いのままに、口づけを受け入れた。

正体の知れない違和感が、胸中にじわり……と広がるのを感じた。

5

妾腹の子として生まれた長男が実父のもとへ引き取られたあとで、嫡子となる弟が生まれたのが、すべての発端だった。

そもそも伯爵家になど興味はなかった。

幼いころは、ブラッドオレンジとピスタチオの農園を営む祖父と未婚で自分を産んだ母と、三人の生活だった。

メッシーナ海峡を渡った先、イタリア最南端の州で、クリスティアーノは生まれた。シチリアだ。

母は、エトナ山の麓で代々ブラッドオレンジを栽培する農家のひとり娘だった。その美しさは少女のころから近隣の評判だったという。

エーゲ海貿易の要所として、多種多様な民族による征服の歴史を持つシチリアは、あらゆる血が混じりあって、本土のラテン系民族とはまた違った文化を持つ。民族性は、その外見にも表れる。

金髪碧眼に白い肌も、シチリアには珍しくはない。クリスティアーノの金髪碧眼は母譲りだ。母は、ティレニア海の青のような、美しい碧眼の持ち主だった。

美しいと評判の村娘に、バカンスでシチリアを訪れていた南イタリアを代表する名家の跡取りが惹かれても、それは責められることではない。恋愛は自由だ。だが、状況がふたりの恋の成就を許さなかった。

時代が時代なら伯爵を名乗っていた名家の跡取りと、田舎娘との結婚を、先代当主が頑として許さなかったのだ。

駆け落ちをしようという男の誘いを、女は拒否した。うまくいくわけがないと思ったのだろう。

男は去り、だが愛し合った証《あかし》だけが残された。

そうして生まれたのがクリスティアーノだ。五歳までは、クリス・コルサーノと名乗っていた。

そのままシチリアの田舎で暮らせていたら、それはそれで幸せだったろうと今でも思う。だが、この身に流れる血が、それを許してくれなかった。

きっかけは、母の死。

その後も祖父のもとで暮らすものと思っていた。だが、結論から言えば、イタリア本土で暮らす実父に引き取られることになった。

母と別れたあと、親の決めた相手と結婚した実父だったが、夫婦は子どもに恵まれなかったのだ。クリスティアーノが自分の血を引いていると知り、跡取りとして引き取りたいと申し出た。

まだ幼かったクリスティアーノに、選択の自由はなかった。決めたのは祖父だ。自分のもとにいるよりも、いい暮らしができると思ったのかもしれない。

祖父と離れるのは哀しかったけれど、自分にはいないものと思っていた父親の存在は、母を亡くしたばかりの幼い少年にとっては救いだった。

父は、クリスティアーノを可愛がってくれた。

義母は、胸中は複雑だったろうが、名家の当主夫人としての責任感からか、引き取られたクリスティアーノを、跡取りとして厳しく躾けてくれた。

生活はガラリと変わった。

愛犬たちと祖父の農園を駆けまわる日々から、名家の子息として教育を受ける日々に。シチリアの太陽とオレンジの香りを懐かしく思うこともあったが、それ以上に新しい生活は幼いクリスティアーノの興味をそそった。

乾いた大地が水を吸い込むように、与えられる知識を吸収する。勉強も芸術もスポーツも、クリスティアーノは父の期待以上の結果を出した。

クリスティアーノが自慢の息子になったことで、義母との関係も良好になった。父は自慢げにクリスティアーノを連れ歩いた。

伯爵家での生活に、クリッスティアーノも馴染んでいった。

だが、あるときから、状況が変わった。

義母が身籠ったのだ。

もはや子をあきらめていたふたりは喜んだ。使用人たちの間にも喜びが満ちた。

父はクリスティアーノに、弟ができるのだと言った。異母弟だ。

兄として弟の面倒を見るように言われた。あくまでも跡取りはクリスティアーノで、弟は弟だと言った。

頷いたが、心の奥では納得していなかった。

弟の誕生が、伯爵家におけるクリスティアーノの立場を微妙にした。

弟は可愛かった。半分とはいえ血が繋がっているのだ。可愛くないわけがない。

だが、弟を可愛く思えば思うほど、クリスティアーノは追い詰められた。

無邪気な好意を向ける弟に罪はない。家督は弟が継ぐべきだとクリスティアーノが結論づけるのに、さほどの時間はかからなかった。

弟が五歳になった夜、クリスティアーノは二度と戻らないつもりで伯爵家を飛び出した。引き取られて十年あまり、十五歳になる少し前のことだった。

シルヴェストリ家に引き取られる以前の、クリス・コルサーノに戻って、ひとりで生きていこうと決めた。

生きるために職を探し、夜の街に身を投じた。生きるのに必死だった。身を守るためにしかたなく、拳を凶器に変えたこともあった。

そうして夜の街で生きる術《すべ》を身につけていくうちに、しだいに周囲に人が集まるようになった。

組織には秩序が必要だ。

血の絆《きずな》を繋ぎ、闇に染まることを決めたのが、若気の至りではなかったかと訊かれたら、違うとは言いきれない。

だが成人年齢にも満たない当時のクリスティアーノには、目の前にある世界がすべてだった。

若くしてその闇社会で頭角を現し、重鎮たちにも一目置かれるようになった。コルサーノの名が力を持ち、独り歩きをはじめる。

生きるための手段だったはずが、名が売れたことで危険を呼び込む結果となる。この矛盾を、もはやどうすることもできない。

それでも、堅実に足場を固め、組織を大きくし、コルサーノの名を寄る辺とする者たちを、守れるだけの力を手に入れた。

組織を率いるようになって数年、過去を葬り、すっかり闇社会の住人となった。クリスティアーノと伯爵家とを結びつける者はいなかった。

状況を一変させる連絡がもたらされたのは、そんなタイミングでのことだった。

今日まで歩いてきた道が、ふいに意味のないものとして消え失せた。遠く先まで繋がっていたはずの道が、爪先で崩れ落ちた。

弟の死。

この手を闇に染めた意味を見失った。

何もかもが、無意味に思えた。

だが、それでも、闇社会独特の不文律――沈黙の掟《オメルタ》が、クリスティアーノの行動を縛った。いったん闇に染まった者は、闇世界以外に生きる場所はない。柵から解き放ってくれるのは、死のみだ。

誰に何を語らずとも、空気が変わるのか、組織間のパワーバランスが揺らいだ。トップが揺らげば、組織が揺らぐ。どれほど大きくなっても、組織とはそういうものだ。

そうした隙を突かれたとしか言えない。

対立組織の襲撃を受け、仲間を逃がしたまではよかったが、自分が手負いとなった。

薄暗い路地の奥、折り悪く降り出した冷たい雨に打たれながら、いっそのこと一撃で仕留めてくれればいいものを……と嗤った。

傷を負ったあとで走ったために出血は多いものの、さほど深い傷ではないことを、経験から察していた。

近づく足音には気づいていた。

一般市民はこんな夜遅くに細い路地を歩くべきではない。気づかずに通り過ぎてくれることを祈ったのに、足音が止まった。

自覚する以上に傷は深かったのだろうかと、まずはそんなことが頭を過った。

路地の角から覗いた白い顔。告死天使が迎えに来たのかと思った。それほどに、美しかった。

手を伸ばしたいと、とっさに思った。

だからこそ、「かかわるな」と言った。

闇にかかわっていい人間ではない。白は容易く闇に染まる。触れてはならないと思った。だというのに、結局、闇に染めたい衝動に勝てなかった。一度触れたら、手放せなくなった。二度三度と、白い肌を暴き、その甘さに溺れた。

「愛している」と、何度口をついて出かかったことか。そのたび、言葉を呑み込んだ。

女々しいのは自分だけに思われた。闇の存在すら知らないはずの青年は、時折ふとした瞬間に、したたかな表情を垣間見《かいまみ》せる。それも愉快に思われた。

手に入れることが不可能なわけではない。

だが、青年の将来を思えば、選択肢はなかった。

責任を負いたくなかったのだろうと責められれば、情けないことに返す言葉もない。

だが、そうして手放した青年が、その瞳にかつてはなかった強い光を宿して再び現れたことに、果たして意味があるのか。

「腹を括《くく》れということか」

主の呟きを拾ったバルトが、怪訝そうな顔を向ける。

だが、クリスティアーノがそれ以上言及しないのを見て、報告をはじめた。

「例の件ですが、一味のリストはこちらに。すべて裏取りも済んでいます」

執務デスクに置いた端末のディスプレイを操作して、報告書を表示させる。

「思ったより多いな」

いずれも短期契約のスタッフばかりだが、なかにはすでに二年以上もこの船で働いている者もいた。

「今後、採用時の身元確認を徹底するように通達済みです」

「担当者が買収されていたのではしかたあるまい」

「すでに処分済みです」

「当然だな」

自分が寛ぐためにつくった船で、意図せぬ犯罪が行われているとなれば放っておくことはできない。

「ですが、ボス自らお出ましにならずとも……本部の執務機能が滞ると秘書室から連日の苦情メールが届いております」

「愚痴りたいだけだろう。次の休暇には好きなクルーズツアーをプレゼントすると伝えろ」

クリスティアーノが信頼する側近たちは、ボスのわがままになど慣れっこだ。完璧に実務をこなしている。表はもちろん裏でも。

クリスティアーノの表と裏を知る者は、ごく限られた側近のみだ。そして彼らも、表の顔と裏の顔を、おのおの持っている。今傍らにあるバルトもそうだ。

「日本に着くまでは泳がせろ」

「よろしいのですか？　日本の法律では、たいした罰則にもなりません」

「罰して更生させようという考えがそもそもぬるい。日本でもイタリアでも、さして変わらん」

「御意に」

無表情の裏で、バルトが自分を心配しているのはわかっている。

少年の日にはじめて出会ったとき、バルトは紛争地から戻ったばかりの傭兵崩れだった。戦地を生き延びた男の目に、粋がる子どもがどう映ったのか、バルトは自らの意思でクリスティアーノに従うことを選んだ。

以来ずっと、ともに闇社会を生きてきた。クリスティアーノにとっては、右腕であり、誰よりも信頼できる側近であり、そして兄のような存在でもある。

「気にしていたもうひとりは？」

気になる男がいると言っていた。バルトのことだから、骨の髄まで調べ尽くしたはずだ。

「こちらも一筋縄ではいきません」

愉快そうに口角を上げる。

バルトがこういう表情をするのは珍しい。よほどターゲットを気に入ったらしい。

「ほお？」

こちらも愉快げに返す。問う視線を向けると、「麻人さんのことだけお気になさっていてください」と誤魔化されてしまった。

「何も知らない青年の将来を潰す気かと、諫めたのは貴様ではなかったか？」

十年前のことだ。迎えに来たバルトが、クリスティアーノに……当時のクリスに言った言葉。

「あのころとは状況が違います」

今のクリスティアーノには望むものすべてを手に入れる力があると言う。

「それに彼も……あのころとは違います」

もはやただの学生ではない。

「ああ、驚かされた」

驚き以上に、愉快さを感じた。

「仕込めば、あなたの盾ぐらいにはなるでしょう」

剣呑なことを言う側近を、名を呼ぶことで諫める。

「バルト」

強面の元傭兵は、「誤解なきよう」と苦笑して、それほど期待値が高いという意味だと付け足した。

「船の上では、船長権限を除けば、オーナーのあなたが法律です。お好きになさいませ」

クリスティアーノの邪魔をする者はない。あるとすれば、麻人自身か。

「そうさせてもらおうか」

端末のディスプレイに表示された報告書に最後まで目を通して、「舐められたものだ」と苦く嗤う。

オトシマエはつけさせてもらう。

紳士の顔のその裏で、クリスティアーノが生きてきたのはそういう世界だ。

弟の死の知らせを聞き、悩んだ末シルヴェストリ家に戻ることを決めたときに、表と裏の顔を使い分けることを決めた。

シチリアに生まれた母方の血と、イタリア本土に血脈を繋ぐ父方の血が、融合した結果だったのかもしれない。

地中海貿易の要所といわれたシチリア島に、血の絆で結ばれた独特の闇社会が生まれたのには、島のたどった歴史が大きく関係している。それは必然だった。歴史をさかのぼれば、闇はそもそも人々の生活の傍らにあって、島を守る存在だったのだ。

貴族階級は中央にあって、地方を治めた。搾取する側とされる側という力関係は、相容《あいい》れないものだ。だが、クリスティアーノの裡では、ひとつに繋がっている。それこそが、血のなせる業といえるだろう。

今日もポルボラの姿はカジノにあった。その姿を視界の端に映しながら、麻人は頭の中の人間関係図を上書きする。

これまでにポルボラが接触した客は二十人以上。そのうち薬物売買の顧客と思しき相手が四名。客船の乗客数を考えればたったの四人かもしれないが、豪華客船内で薬物売買が行われていることが問題だ。

ポルボラに意識を集中させながらも、近寄る気配には気づいていた。肩にぽんと乗せられる手。

「スロットしかやらないのかい？」

須賀だ。今日もカメラを手にしている。果たして金になるような写真が納まっているのか、麻人は疑わしいと思っていた。パパラッチを名乗りながら、実態は違う気がする。

「ゲームのルールを知らないんです」

ブラックジャックやルーレットならわかるだろうに、とひとしきり笑われたあと、ずいっと耳元に唇を寄せられた。

「彼氏に教えてもらえばいいのに」

ひそめた声が、愉快そうに言う。

「そういう関係ではないと何度も――」

「控えめなんだね。そういうところがイタリア女性に飽きた閣下のお気に召したのかな？」

すっかり麻人をクリスティアーノの愛人と決めつけている。

「須賀さん……」

いいかげんにしてほしいと長嘆。

「私にくっついていたって、スキャンダルは撮影できませんよ」

その気があるのなら、とうに何枚かは撮影できているはずだ。クリスティアーノは麻人を女性相手にするように、エスコートしようとするから、決定的なシーンでなくてもいいのなら、それっぽい画像は押さえられるだろう。

撮影されていないのなら、それはそれでありがたいが、報道の自由を盾にとられれば、ダメだと強く拒絶することもできない。

今日のポルボラは、勝っているためか上機嫌でカードゲームに興じている。しばらくカジノを動きそうにない。

視界の端でチラリと確認しただけだったのに、須賀の視線が自分の視線を追ったことに気づいた。

——この男……。

かなり敏い。

やはり、下衆《げす》なパパラッチだとはどうしても思えない。

目的を探る意図もあって、以前に言われて耳に引っかかっていた言葉を持ち出した。

「以前に、キナ臭い噂とおっしゃってましたよね？」

どういう意味なのか？　と、あえてストレートに尋ねる。

今の麻人は、客船にスタッフとして乗り込んでいる民間人なのだから、あまり駆け引きめいた発言は避けるほうがいいだろうと思ったのだ。

「ん？　ああ、あれ」

須賀はカメラのレンズをいじりながら応じる。

その仕種は、チャンスを狙っているというより、そうして手持無沙汰を解消しながら、言葉を探しているように見えた。

「今はだいぶマシになったけど、なんといってもイタリアは大統領すらマフィアと繋がってると噂されるような国だからね。シルヴェストリ家に限った話じゃないけど、悪い噂も数々あるんだよ」

あの国で上流階級に属するということは、裏社会との距離が近いことを意味するという。一般的に逆ではないかと思われがちだが、彼が言うような側面があることは、麻人もわかっていた。

貧困が人を犯罪に走らせるのは事実だ。その一方で、金に困らない生活をしていながら、より多くの富を求めて犯罪に加担する者もいる。そういった連中は、それを犯罪だと思っていない節がある。弱者から搾取することに、躊躇いがないのだ。

金融や美術品を悪用した、多額の金銭が絡む犯罪に、そうした傾向が見られる。学がなければできない犯罪だからだ。

「悪い噂？」

自分でもよくやる……と思いながら、きょとり……と瞳を瞬き、邪気のない声音でさらに尋ねてみる。須賀は、やれやれ……といった様子で苦笑して、言葉を継いだ。

「世が世なら伯爵閣下だったとはいっても、地方の一名家でしかなかったシルヴェストリ家の家督を継いで数年で、ＥＵに名を轟かせる実業家にまでなった人物だからね。その資金はいったいどこから出たのか……とかさ、いろいろと――」

「シニョール・シルヴェストリは、そんな方ではありません」

言ってしまったあとで、ゆるり……と目を見開いた。素の自分が紡いだものだと、自覚があったからだ。

須賀は困った顔で、「あくまでも噂だよ」と、麻人を宥《なだ》める。そのうえで、「表と裏の顔を使い分けでこその栄華さ」と、言葉を足した。

麻人が睨んでも、臆する様子はない。

「可愛いね、小城島さん」

「……は？」

顔をずいっと寄せられて、踵《かかと》がじりっと下がる。

「あなたを盾にとったら、閣下は独占取材に応じてくれるかな？」

間近に見据える瞳に過る、剣呑な色。それが、麻人の裡の何かを刺激する。だがそれがなんなのか、わからない。

「私はただのバトラーだと申し上げたはずです」

毅然と言葉を発して、踵を返そうとする。須賀と話している間に、ポルボラが席を立ってしまったのだ。麻人は視界の端で、それを確認していた。

「きみは――」

須賀が麻人の手首を摑む。

――……!?

カメラマンの手ではないと感じた。

「あなた――」

怪訝に眉根を寄せる麻人の肩越し、須賀が何かに意識を向ける。そして「ボディガードのお出ましか」と毒づいた。

振り返ると、バルトが大股に歩いてくる。

「麻人さん、オーナーがお呼びです」

「え？ ……はい」

時計を確認すると、休憩時間終了までまだ少し時間があった。だがバトラーには、関係のないことだ。客の希望が最優先される。

しかたない。ポルボラへの接触は次の機会を狙おう。ここ数日ポルボラへの接触を図っているのだが、こんな状況ばかりで、なかなか捜査が進展していなかった。

自分が客になるのが一番手っ取り早いのだが、誰に紹介されたのかとか、そういったあたりをクリアにしない限り、下手に声はかけられないのだ。

「すぐにうかがいます」

バルトに返し、須賀には「失礼します」と、船のスタッフとして腰を折る。

麻人がその場に背を向けたあと、バルトはしばらく須賀と対峙《たいじ》していた。何かを話しているように見えたが、麻人のところまで声は届かなかった。

須賀をパパラッチだと思っているのだとすれば、バルトにとっては要注意人物だ。麻人に近寄るなと警告していたのかもしれない。

バルトは、麻人とクリスティアーノの関係を知っている。警戒して当然だろう。

そして麻人のことも、須賀同様に警戒しているに違いない。須賀に対してのものとは意味が違う。

クリスティアーノの評判に泥を塗りかねない存在、スキャンダルの種となりかねない存在、そういう意味だ。

そのうち金を握らされて、船を下りろと言われかねないな、と麻人は思っていた。

そんなことをしなくても、日本に着いたら麻人は消える。クリスティアーノにとっての脅威になる気はさらさらない。


オーナーの部屋に戻ると、クリスティアーノはタブレット端末を手に、ソファで長い脚を組んでいた。

ローテーブルには、さまざまな色や形の皿が並んでいる。日本の漆器も含まれていた。

その上には、甘い香りを放つスイーツが芸術的に盛り付けられていて、いつもはエスプレッソの香りが漂っている執務室が、今日は甘い香りに満たされている。

これはなんだ？　と首を傾げつつ、クリスティアーノの傍らに立つ。

「お呼びだそうですが」

何かご用でしょうか？　と問う。だいたいいつも麻人を呼びつけるためだけの文言であって、実際に用があったとしても、新しいエスプレッソを淹れてくれとか、客のバースデープレゼントを一緒に選んでほしいとか、そんな程度だ。

ちなみに船内では、毎日のように誰かしらの誕生日が祝われている。オーナーのポケットマネーで、誕生日の客に花束とプレゼントが渡されるのだ。

ローテーブルの上に並んだ皿は、どうやら各レストランから届けられたスイーツの試作品のようだった。各国のスイーツが並ぶが、どれも日本をテーマにしているのがわかる。

日本寄港のタイミングで、レストランを挙げてフェアをしようというのかもしれない。セレブ層に和食は人気だし、日本文化も注目を浴びているから、きっと喜ばれることだろう。

クリスティアーノが手にしているタブレット端末には、シェフから提出されたものらしい、新作スイーツの企画書が表示されている。

あまり食べる機会はないが、麻人も甘いものは嫌いではない。甘い菓子と美味しいコーヒーの組み合わせは、心をゆるませ、幸せな気分にしてくれるものだ。船内で過ごす客にとっても、重要な位置を占めるアイテムだろう。

やけに丁寧にチェックをするのだな……とクリスティアーノの仕事ぶりをうかがっていると、バトラーを呼び出しておきながら用件を言いつけもしないオーナーは、手元に視線を落としたまま、ウンザリさせられる指摘を寄越した。

「ずいぶんと、あのカメラマンが気に入ったようだな」

棘《とげ》のある言葉を向けられて、カチンときたが、相手はオーナーだと言い聞かせて冷静さを保つ。気持ちがプライベートに傾くと、何を言い出すかわからない。最近ずっと、この切り替えの難しさに悩まされている。

「私は船のスタッフですから、お客さまに声をかけられれば、応じないわけにいきません」

事実今日は、須賀のほうから声をかけてきたのだ。たしかに須賀の存在が気にかかってはいるが、それは下世話な意味ではない。何かが頭の片隅に……いや、感覚に引っかかるのだ。それが何かわからないために、気になるだけだ。

「彼には近づくな」

「あなたのスキャンダルをつけ狙う危険な存在だということはわかっています。ですが――」

それでも客なのだからしかたない、と返そうとして「そうではない」と遮られる。

「……？　どういう意味ですか？」

「私のことはいい。彼は危険だ。かかわるな」

命令口調で言われて、反発心が湧く。

だが、「もっとわかりやすい説明を」と言い募るまえに、「かけたまえ」と話題を変えられた。

「私は――」

「バトラーだ。わかっている。バトラーのきみに、頼みがある」

「……？　私に？」

しかたなく、勧められるままに向かいに座る。

距離が近づいたことで、鼻腔を擽る甘い香りが濃くなった。つい、視線を落としてしまう。

麻人と入れ替わりに、クリスティアーノが腰を上げる。何をするのかと思ったら、スイーツの皿を運んできたときに使ったのだろう、ワゴンの上のポットに手を伸ばした。

「……っ！　そんなことは私が——」

「かまわん」

麻人を制して、エスプレッソのカップふたつを手にソファに戻る。ひとつを麻人のまえに置いた。

「感想を聞かせてほしい」

「……感想？」

「味見をして、日本人としての舌で、忌憚《きたん》のない意見を聞かせてくれ」

「……」

ズラリ……と並んだスイーツの皿を見やる。

「横浜に寄港するタイミングで、日本をテーマにしたフェアを一斉に行う予定だ。味でも食材でもイメージでも、日本がテーマならなんでもいいとシェフにもパティシエにもオーダーしてある。概要はこれだ」

そう言って、タブレット端末を渡された。

「私は食のプロではありません」

「わかっている。きみの専門分野は薬学だ」

――……っ。

その指摘をどう受け取っていいのか、悩んで、結局返さなかった。

「我々は、日本人ほど繊細な舌をしていない。残念ながら、それは科学的にも明らかだ」

それはわかる話だが……。

「素人意見でいいのでしたら……」

専門的な話はできないと前置きすると、クリスティアーノは「もちろんだ」と頷いた。

全部で十皿。ひと口ずつしか無理だろうと思い、ひとまず一番手前の皿をとる。ありがちといえばありがちだが、抹茶を使ったスイーツだった。最近、日本を訪れる外国人観光客に抹茶味の菓子類が人気らしいから、この船の乗客にもウケそうだ。

抹茶色のクレープ生地が巾着状に包まれていて、周囲にフルーツとソースが絵画のように飾られている。見た目は文句なく美しい。

「いただきます」

クレープ生地にナイフを入れると、なかから抹茶クリームがあふれ出た。口に運んで、いくらも咀《そ》嚼《しゃく》しないうちに、麻人は眉間に皺を刻む。

「……甘い」

あまりにも甘すぎる。抹茶の苦みも旨みも、砂糖の甘さの奥に消えてしまっている。

たしかにイタリア人は、甘いものが好きだ。甘いデニッシュとエスプレッソで朝食をすませたりする。カフェで売られているスイーツ類も軒並み甘くて大きい。

ふた口目に食指が伸びなくて、しかたなく隣の皿を手前に引き寄せる。こちらは抹茶を使った小ぶりのスイーツが幾種類か盛り合わせられていた。アフタヌーンティー用かもしれない。

抹茶色のモンブランのようなものを選んで口にする。こちらは、先ほどのプレートよりは甘味が抑えられていた。なかに餡子《あんこ》がしのばされている。周囲の抹茶クリームはいいが、餡子が美味しくない。

次いで三皿目。今度は漆器の皿に盛られた和風のプレートだった。小ぶりの大福にどら焼き、抹茶のまぶされたトリュフチョコ、アイスクリームなどが一皿に盛られている。結論から言えば、麻人はこれが一番美味しかった。もどきではなく、日本の店で提供されてもおかしくない味に仕上がっている。

これなら、エスプレッソではなく煎茶を合わせたいと麻人は思うが、外国人にはコーヒーのほうがいいだろう。

「日本人パティシエの作品だ」

「やっぱり……ほかとは味が違いました」

とはいえ、日本人の麻人の舌に合うからといって、外国人の口に合うとは限らない。この船で提供するのなら、一番最初に食べて麻人がひと口でギブアップした皿くらい、甘くて濃い味のスイーツのほうがウケることも考えられる。

同じ日本人パティシエの作品だという抹茶ロールケーキをフォークで切り分け、口に運ぼうとしたら、向かいから手が伸ばされて、フォークを握る手ごと引っ張られた。

「……っ、危な……っ」

麻人の手から抹茶ロールケーキを奪って、クリスティアーノは眉間に皺を刻む。エスプレッソで抹茶の苦みを流して、そして言った。

「たしかに、私の舌にも、少し甘味が足りないな」

それから、麻人がひと口しか食べられなかった茶巾包みのクレープと味比べをして、こちらはこちらで眉間に皺を刻む。イタリア人の舌にも甘すぎるらしい。

「甘いもの好きなあなたでも厳しいですか」

クスッと笑いが零れる。

過去の記憶のなかで、クリスティアーノは……いや、クリスは意外と甘いものを好んだ。大学の帰りに麻人が買い求めてくる甘いデニッシュやチョコレートを、エスプレッソのお供にしていた。

「あなたは角のパン屋のスフォリアテッラがお気に入りで――」

スフォリアテッラというのは、なかにリコッタチーズとカスタードクリームを入れて焼いた、何層にも重なったパイ生地が特徴的な貝殻の形をした菓子のことだ。ナポリ地方の伝統菓子で、スフォリアテッラはひだを何枚も重ねた、という意味だ。

朝食には、カンノーロを好んだ。カンノーロはシチリアの伝統菓子で、筒状の生地のなかにリコッタチーズやチョコレートなどを詰めたものをいう。こちらは大学近くの焼き菓子店のものが、一番美味しいと言っていた。シチリア出身の同級生から評判を聞いて、買い求めたものだった。

過去を想い出して、うっかり笑みが零れていた。クスクスと、笑いがもれる。そのことに、向けられる視線に促されるように顔を上げたあとで気づかされた。

失敗だったと、目を背けるより早く、アイスブルーの瞳に捕まった。

「やっと笑ったな」

宝石のような、アドリア海の青のような、碧眼が細められる。クリスティアーノのそんな表情も、再会後はじめて見た気がした。

本当に甘いものは気をゆるませる。己の身で実感することになるとは思わなかった。

「……笑えるわけがないでしょう」

再会から今日まで、笑える気分でいられたわけがないではないか。

驚きと戸惑いと、見たくない過去の傷を掘り起こされて、どうして笑えるというのだ。

「今のは……お菓子が美味しかったからです」

それだけだと吐き捨てる。

「そういうことにしておこう」

余裕の顔で微笑まれて、口惜しさ以上に切なさが込み上げた。

苦いだけだと思い込んでいた過去の記憶のなかに、温かくて幸福なシーンを見つけてしまったから。

いや、記憶にあるどのシーンも皆幸福だった。哀しかったのは、最後だけだ。

そんなことに、今さら気づけなくてもよかったのに。

どうせ自分は、このスイーツの完成形を口にすることはできない。そのころには、船を下りている。

そう思ったらさらに口惜しさが募って、麻人はスイーツの残った皿を取り上げた。抹茶色のケーキをフォークで大きく切り分けて、口へ運ぶ。

めちゃくちゃ甘い。でも、イタリアの味だ。留学時代の想い出のなかにあるのと同じ。

いつもはあまり摂取しない糖分の取りすぎで、こめかみのあたりが痛くなった。

捜査はさしたる進展もないままに、時間だけが過ぎている。

潜入捜査ははじめてではない麻人も、少々焦りはじめていた。陸で組織に接触するのとは違って、今回はリミットが切られている。

盗聴器を仕掛けても、ポルボラはなかなか薬物の有無や隠し場所について言及しない。ひとりで乗船しているから、というのが大きな理由のひとつとなっている。

話し相手がいないから、盗聴器が拾うのは、どうでもいい生活音ばかりだ。しかも、飲み歩いているから、部屋にいる時間が極端に短い。

アパートに寝に帰るだけのサラリーマンではないが、ほとんど毎日、夜中まで飲んで、部屋に戻ったらあとはもう寝るだけだ。

やはり、常に身に着けるものに盗聴器を仕掛ける必要がある。だが、手段が見つからない。

――くそ……っ。

絶対に持ち込んでいるはずなのだ。

自分の手元にあるのか、協力者や密かに乗り込んでいる手の者の部屋にあるのか。

寄港時に、この広い船内でスムーズに捜査を行うためには、絶対に必要な情報だ。踏み込んではみたものの、見つかりませんでしたでは通らない。それ以前に、踏み込めるかどうかも疑問だ。

船内での売買に関しても、証拠写真の隠し撮りには限界があって、決定的なものは撮影できていない。

「きみに憂い顔をさせる原因が、私だけならいいのだが……」

「……え？」

碧眼にじっと見据えられて、麻人は怪訝に瞳を瞬いた。

「きみはどうして、医療系の仕事に就かなかった？」

「……あなたには関係のないことだと申し上げたはずです」

薬学の知識なら大いに役立っている。それを大きな声で言えないだけだ。

「そうだな。だが、わざわざ留学までして学んだきみが、クルーズ船のアシスタントパーサーというのは解せない」

日本には職業に貴賤《きせん》なしという言葉があるのだと返そうかと思ったが、クリスティアーノの言うのがそういう意味ではないとわかっている。

「薬剤師になったものの、ミスを犯して働けなくって、しかたなくまったく違う世界に飛び込んだ、とでも言えば満足ですか?」

投げやりな口調に、クリスティアーノが眉根を寄せる。責めるような色を宿す碧眼を見返せなくて、逃げるように腰を上げた。

「これ以上のご用がないのでしたら失礼します」

踵を返そうとする麻人を、クリスティアーノが呼び止める。

「麻人」

そのやさしい声の響きを、素直に受け入れられる心の余裕が、今の麻人にはなかった。

「これ以上、私の時間を拘束したいのでしたら、バトラーもクビにして、囲ってみられてはいかがです?」

挑発的に吐き捨てる。そんなことをされたらもちろん、日本で下りて二度と会うこともないだろうと言葉を足した。

「失礼します」

麻人がドアを開けるまえにノック音がして、バルトが外からドアを開ける。それが閉められるまえに、麻人は大きな体軀《たいく》の脇をすり抜けた。

バルトから、須賀が愛用しているトワレの香りがかすかに香る。

——……?

それにわずかな違和感を覚えたときには、ドアは閉まったあとだった。

6

ポルボラの部屋に仕掛けた盗聴器が、いつもと違う音を拾ったのは、横浜寄港まであと二日に迫った日の深夜近い時間だった。

バーで呑んだあと、いつもなら部屋に戻って寝てしまうポルボラが、今日は何やらガサゴソと動いている音がする。

それから、部屋の電話の着信音。

『……俺だ。……なんだと？　ブツは大丈夫なのか？　……わかった。すぐに行く』

ようやく取引にかかわるものらしい、音声が拾えた瞬間だった。

発信機を確認する。今日一日部屋で明滅していた発信機の位置情報が動きを見せた。どうやら、昼間は着ていなかった、麻人が発信機を仕掛けたジャケットに袖を通してくれたらしい。ジャケットのポケットに忍ばされた小さな機械に、ポルボラはずっと気づかないままだ。

コードレスのイヤホンを耳に、腕時計タイプの携帯端末と、それから拳銃。スーツケースに細工をして持ち込んだものだ。予備弾数は限られているから、無駄撃ちはできない。

通常、ガサ入れ——家宅捜索時には防弾ベストを身に着けることが多いが、身体のラインに沿うタイトなデザインのバトラーの制服の下には使えないし、何より重さで動きが制限されるから麻人は好まない。

危険な任務のときにも、上司によほどうるさく言われない限りは着けないことが多い。他の捜査員に比べて体格で劣る麻人には、身軽さと小回りのよさが武器なのだ。

制服の上着は、前をきっちりと止めるデザインだから、なかにホルスターを仕込めない。ウエストに着けても背中側が膨らんで目立つから、足首に仕込むタイプを選んだ。

イヤホンからは、足音や衣擦れの音など、盗聴器が拾う雑音が聞こえている。ドアノブをまわす音に重なって、感度のいいマイクが「あと二日で日本だってのにっ」と毒づくイタリア語を拾った。

明滅する発信機の信号と船内の見取り図を重ねる。ポルボラは、客室フロアを抜けて、店舗が並ぶフロアへ足を向ける。

巨大なビルひとつが海に浮いているような広さのある豪華客船内には、プールやレストラン、映画館に劇場などのエンターテイメント施設のほかに、買い物のできるショッピングモールもあるのだ。その並びには、リラクゼーションサロンやエステサロン、もちろんヘアサロンもある。

発信機の位置情報を確認しつつ、船内を歩く。バトラーの制服を着ているために、ちょくちょく客に声をかけられて、足止めを食らう。

それをなんとか処理しつつ、ポルボラのあとを追うと、その足はリラクゼーションサロンで止まった。

ようはマッサージ店だ。女性向けのヒーリングサロンというより、全身マッサージを受けられる店で、もちろん客室への出張もしてくれるが、全個室の店内でゆったりとマッサージを楽しむこともできる。

船内の案内を見ると、日本のそういった店の価格設定とさほど変わらない印象だった。スタッフが休日や休暇中に使える店としてつくられているのかもしれない。客へのホスピタリティは重要だが、働くスタッフに対しても、ホスピタリティの考え方は必要だ。よい環境で働けなければ、よいサービスなど提供できるわけがない。

ポルボラの足に追いつき、店頭の様子をうかがうと、深夜近い時間だというのに、ひとりの男が応対に出てきた。まだ若い、ラテン系の顔立ちの男だ。

客に対して丁寧に対応しているというより、ポルボラにヘコヘコしているように見える。店員の顔には緊張がうかがえた。

なるほど、個室なら、第三者の目を気にすることなく、悪巧みもできる。薬物の取引だって可能だろう。あの店員を売人にすれば、売買はより容易になる。

店頭にはＣＬＯＳＥＤの案内が出ている。閉店後の店内で、店員はポルボラを待っていたらしい。ということは、店ぐるみではなく、あの店員だけがポルボラの息がかかっていると考えられる。

発信機だけでなく、盗聴器もジャケットに仕込んでおくべきだったたか。店内の様子はうかがえない。

営業時間ではないから、客を装うわけにもいかない。何か理由をつけて、スタッフとして様子を見に行くか……。

動向をうかがっていたら、ポルボラではなく、店員のほうが店から出てきた。

ポルボラは発信機で居場所を特定できる。多少悩んだものの、麻人は店員のあとを追うことにした。

店員の足は、スタッフ用の部屋が並ぶフロアへ向いた。部屋に戻るのだろうか。やはりポルボラを見張るべきだったか……。

もしかしたら、明日以降、サロンの客を装った顧客に対して、薬物売買が行われるのかもしれないが、それを確認するのは難しい。今、所持していることをたしかめられたらいいが、そう簡単にはいかない。

店員は、スタッフ用のツインルームに入っていった。船の管理情報にアクセスして、該当の部屋を割り振られているのが、イタリア人の父とタイ人の母を持つ施術家と確認した。なるほどタイ式のマッサージをしてくれるらしい。

ルームメイトもイタリア人で、こちらはカフェ店員となっていた。もしかすると、ルームメイトもポルボラの息がかかった手下かもしれない。麻人が足を向けたことのないカフェで、バリスタをしているとスタッフの管理情報には書かれている。

しばらく身をひそめて様子をうかがっていたが、ドアが開く気配はない。やはりポルボラのほうか……と小さく舌打ちして、麻人は端末でポルボラの位置情報を確認した。

――機関部？

船の運航にかかわるスタッフしか出入りするはずのない場所で赤点が明滅している。

――こんな場所にどうやって……？

運航部門にも、息のかかった人間がいるのだろうか。込み入った機関部なら、密かに持ち込んだ荷物を隠す場所などいくらでもあるに違いない。

バトラーの制服を着ていても、スタッフの目に留まれば止められる。自由に動きまわることはできないだろう。

それでも、麻人の麻薬取締官としてのカンが、追え、確認しろ、と告げていた。

今夜は、絶対に何か動きがある。

『あと二日で日本だってのにっ』とポルボラは毒づいていた。日本で大きな仕事を予定しているのに、その予定を狂わすような何かが起きた、と思わされる呟きだった。

その何かを、突き止めれば、摘発に繋がる大きな手掛かりになる気がするのだ。

これまで立ち入ったことのない機関部のフロアは、通路も細く、入り組んでいる。腕の端末のディスプレイに表示される見取り図がなければ、迷子になりそうだ。

細くて急な階段も使って、かなり深い場所まで降りた。ポルボラはこの階層にいるようだ。ここまで来ると、もはやフロアと表現することもできない。

何が通っているのかわからない太さもさまざまな管が壁面や天井を覆い、何をするためのものなのかもわからない計器類が並んでいる。

床には記号のほかイタリア語と英語で表示がされているが、専門用語も多くて、大半は意味がわからなかった。

靴音を立てないように注意しながら、人の気配を探す。船員なら身を隠さなくてはならないし、ポルボラなら、なんのためにこんな場所まで来たのか探らなければ。

麻人の鼓膜が、機械の立てる音の向こうに、壁に反響する人の声らしきものを拾った。言い争うようなそれは、通路を進むにつれ大きくなる。距離が近づいているのだ。

腕のディスプレイを確認すると、ポルボラを示す赤点は動いている。だが、声の主は反響の大きさから測る限り動いていない。

——無関係の船員か？

またも外したか……と思ったときだった。

空気を切り裂くような音を、鼓膜が拾った。

——……っ!?　これは……。

聞き覚えのある音だった。一般に消音器——サイレンサーと呼ばれることの多いサプレッサーをとりつけた拳銃の発射音だ。

着弾音も拾った。硬質な何かに弾かれた音に思えた。人間には当たっていないと思われる。

——拳銃だと……？

この船に自分以外にも拳銃を所持している人間がいるというのか。

ポルボラは密かに持ち込んでいるかもしれないが、通路の先にいるのはポルボラではない。ディスプレイの赤い明滅は、麻人のずっと後ろあたりにある。機関部は入り組んでいるから、まっすぐに進んでいるつもりが、いつの間にか前後が入れ違ってしまったようだ。

では、この先にいるのは？

ピリピリとした緊張感が、空気を通して伝わってくる。麻人は、足首に隠したホルスターから、そっと銃を抜き取った。安全装置を外す。

息をひそめ、機材などの影に身を隠しつつ、一歩一歩歩みを進める。状況が確認できなければ、動きようがない。

気配が、こちらに近づいてくる。

身をひそめることはできても、前後に隠れられる場所はない。

しかたない……と覚悟を決めた。

五感を研ぎ澄まし、相手の気配を追う。向こうも、麻人に気づいているはずだ。でなければ、無頓着に駆けてきてもおかしくない。そういう考えなしの相手なら、かえってやり過ごしやすかった。そんな容易い相手ではない。

——あと五歩……四歩……。

じりじりと近づいてくる。

大きな機材のせいで、まるで路地の角のように奥の見えなくなった場所に身をひそめ、いつでも飛び出せる状態で、拳銃を構える。

——二……一……、……っ！

息を止めた。

最小限の動きで、飛び出してくるはずの相手に、躊躇なく銃口を向ける。

「……っ！」

「……っ」

銃声は響かなかった。

相手の眉間に、ピタリと銃口が定まっていた。

同じく、麻人の額にも、ピタリとあてがわれる銃口。

「……っ、あなた…は……」

ゆるり……と目を瞠る。

「やあ」

すぐ間近から、緊張を帯びながらも呑気《のんき》な応えが返された。

驚きを滲ませた瞳が麻人を捉えている。

「銃を、下げてもらえるかな」

背後の気配を探りながらも視線は麻人に向けたまま、須賀が掠れた声で提案を寄越した。いつもの軽い雰囲気はどこへやら、まるで別人の顔だ。たぶん自分も、須賀に同じ印象を持たれていることだろう。

「撃たないと約束いただけるのでしたら」

麻人は睨《ね》めつけるように視線を外さず答えた。この至近距離なら、互いに外しようもない。ともに相手の言葉を信じきれない場合は、一撃で終わりだ。

「撃たない」

約束する、と言いながら、須賀は先に銃口を外す。ジャケットの下にホルスターを着けているようだが、銃はしまわず手にしたままだ。

麻人も、ゆっくりと銃口を下ろした。安全装置は外したまま、銃口を下に向ける。

「やっぱりきみ、ただの綺麗な愛人じゃなかったね」

背後を確認しつつ、須賀は麻人を脇の細い通路へといざなう。明かりが届きにくく、薄暗い。完全に身を隠すことはできないが、先ほどの通路よりはいくらかマシだろう。

「そちらこそ、ただのチャラいパパラッチじゃなかったんですね」

カメラを拳銃に持ち替えるなんて、冗談はよしてほしい。どうりで鍛えられた体軀をしているわけだ。

「言葉に棘があるなぁ」

須賀はいつもの軽い口調。だが、声音に緊張感が滲む。

「お互いさまです」

麻人も茶化し気味に返しながら、みなぎらせた警戒は解かない。

その間にも、麻人は確認していた。須賀から独特の硝煙の匂いがしない。須賀が発砲したわけではないようだ。

「で、どっち側の人間？」

須賀が問う。

「どっち？」

麻人は須賀と背中合わせの体勢で周囲を警戒しながら返した。

「きみがマフィアだとは思いたくないけど……警察っぽい匂いはしない」

須賀はサラリとその言葉を口にした。

——……？

「なに……？」

情報は駆け引きだ。いかなる驚きも動揺も表に出さず、須賀から必要な情報を引き出すつもりだったのに、反射的に呟きが零れてしまった。

だが須賀は、そもそも駆け引きめいたやり取りをする気がないのか、さらに問いを重ねてくる。

「きみのターゲットは？」

なんの目的でそんな物騒なものを持ってこんな場所にいるのか、と問われる。まずはお互いさまだ

と返してやりたかった。

「正体の知れない相手に何を語れと？」

そちらこそ何者で、なぜこんな場所にいるのか。

返されるはずがないと思いつつも口にした言葉だった。だというのに、思いがけずあっさりと返される答え。

「外事警察」

「……え？」

警視庁公安部外事課に所属する警察官だと返される。潜入捜査中だから、もちろん身分証明書などは持ち歩いていないし、警察の組織表からも名前が削除されているために身元確認は不可能だと言葉を継ぐ。

――外事だと……？

他国諜報《ちょうほう》機関の諜報活動や国際テロリズム、戦略物資――つまりは兵器に転用可能な工業製品などの不正輸出の取り締まり、外国人の不法滞在などを捜査するのが外事課の仕事だ。

一般の警察官が国民の安全のために働くのに対して、公安警察は国家の安寧を最優先に活動している、というのはフィクション、ノンフィクション問わず、よく語られる揶揄であり、組織の実態でもある。

警察庁警備局外事情報部を頭脳とするなら、警視庁公安部外事課は手足となって動く実働部隊だ。

各都道府県警の警備部にも外事課捜査員がいるが、警視庁の規模には遠く及ばない。首都東京を衛ることの難しさと重要度が、こんなところからもうかがえる。

「今現在の任務は、脅威となりうる犯罪組織の動向を監視すること。および日本の犯罪組織との関係を探ること」

須賀は淡々と己の素性を語る。いったい何を考えているのかわからない。

──犯罪組織？　組織犯罪ではなく？

耳に引っかかった。須賀が言い間違えるとは思えない。

このふたつの単語は、似て非なるものだ。

犯罪組織は、ヤクザをはじめ麻薬密売などの犯罪を行う組織のこと。一方、組織犯罪は、組織化された犯罪者が行う犯罪のことを指す。

外事課といえば、まっさきに浮かぶのは諜報および防諜──スパイ活動だ。それから対テロ対策。

日本にはスパイを取り締まる法律がないが、諸外国同様に諜報活動は行われているし、日本から情報が持ち出されるのを阻止すべく動く防諜活動にも昨今は各機関が力を入れている。

そうした活動の目的が対テロだ。不正輸出や不法滞在の取り締まりも、行き着くところはテロ対策ということになる。

この船に、テロ組織の構成員が乗船しているとでも？

先ほど須賀がサラリと口にした単語が、ようやく脳裏に引き戻される。

「マフィアですって？」

マフィアはテロ組織ではないだろう？　と問う。それとも、たんなる比喩だったのか？

「そっちは？」

麻人の問いには返さず、かわりに麻人の素性を尋ねてくる。拳銃を持っていては、もはや誤魔化せないと腹を括った。

須賀が本当に外事の捜査員なのかどうか、調べる術はない。ただのカメラマンではないと違和感を覚えていた自分の直感を信じるのみだ。

「マトリ」

麻薬取締官だと返す。こちらも潜入捜査中だと言葉を足すと、須賀は怪訝に眉根を寄せて、麻人を振り返った。

「マトリ？《コルサーノ・ファミリー》は薬物を御法度にしているはずだぞ。別口か？」

須賀のマルタイである組織は、《コルサーノ・ファミリー》というらしい。薬物が御法度でもテロ活動に加担していては意味がないと、組織上層部は考えないのだろうか。

「私が追っているのはマフィアではありません。イタリア系ですが、南米ルートの息のかかった薬物密売組織の売人です」

「もしかして、いつも横目で見てた、あのオッサンか？」

「無駄にカンがいいですね」

麻人がマウロ・ポルボラの動向に注意を払っていたことにも気づいていたらしい。外見はチャラいが、かなり有能な捜査官のようだ。

その須賀が、瞳に揶揄を滲ませて言葉を返してくる。

「そっちのカンは曇りぎみのようだな」

恋は盲目とはよく言ったものだ……と口角を上げて言う。

「……どういう意味です？」

クリスティアーノとの関係を揶揄されているのはわかるが、曇るとはどういう意味だ？

須賀は「本当に知らなかったのか？」と、麻人に問うのではなく、己の裡で確認するかのように言って肩を竦めた。

「だから、マフィアなんだって」

言っただろう？　と軽い口調。

「なにを……、……っ!?」

だから何を言っているのかわからない……と返そうとして、唐突にシナプスが繋がった。

――クリスティアーノ……？

ゆるり……と目を見開く。

「……ありえない」

意図せず呟きが漏れていた。

「彼はそんな人じゃない、って？」

このまえもそんなことを言っていたな……と嗤われる。

それでよくマトリが務まるものだと嘲られた気がした。

「根拠は？」

「正直、証拠はない。マフィアってのは、そういう存在だ。けど、そうとしか考えられない状況証拠はいくつかある」

詳しい話はできないが、と返される。

麻人は、視界がぐらり……と揺らぐのを感じた。

クリスティアーノが？　違う。彼は伯爵家の当主だ。過去に少し荒れていた時期があったようだが、それだけで……。

あのとき、クリスティアーノは……クリスは、何から逃げていたのだろう。麻人のもとを去ったあと、彼は実家に戻り、伯爵家を継いだ。それ以前の彼の経歴は、明らかにされていない。

「ショックで昏倒なんてやめてくれよ」

「ご冗談を」

そんなヤワではないと返す。

「確認のために彼氏の部屋に駆け込むのもやめてくれ」

自分の身が危ういと言う。

だから、そういう関係ではないと言っているのに。肉体関係があったところで、それだけだ。そういう関係を理解できないタイプには思えないのに、いいかげんしつこい。

「で？　外事の捜査官殿が、こんな場所でなにを？」

情報集収なら、船の管理システムにハッキングでもかけたほうがよほど多くの情報が得られるだろう。

日本の諜報機関は、映画で描かれるスパイのように、利害関係で対立する組織のエージェントを消したりなんて剣呑なやり方は、基本的にはとらないはずだ。もちろん自分に危険が降りかかれば、その限りではないだろうが。

「悪い」

麻人の指摘を受けて、須賀が渋い顔で吐き捨てる。

「……？」

どういう意味かと問う視線を向けると、「あんたのターゲットだったみたいだ」と誤魔化すような笑みで返される。

「……っ!?」

ポルボラかあるいはその手下を、自分が追っているマフィア組織の一員だと勘違いしたというのか？　そして、ポルボラ一味に尾行を見つかって、先ほどの発砲に至ったと？

「余計なことを……っ」

なんてことをしてくれたのかと毒づく。

「日本に寄港したタイミングで摘発する予定で内定してたんだよな、悪かった。警戒させちまった」

詫びの言葉に、まったく気持ちが感じられない。なおざりに謝られても、腹立たしいばかりだ。

「ずいぶんいい仕事をするんですね、日本の警察は」

せめてもの嫌味で返せば、

「マフィアの情報も仕入れずにこの船に乗ってくるなんて、厚生労働省の情報網はザルだな」

それ以上の嫌味で返される。

「警察の情報の精度がいかほどだと？」

クリスティアーノがマフィアだという情報は本当に正しいのかと指摘する。須賀は、「それがさ——」とウンザリした声で言った。

「今回に限ってはフィフティフィフティ」

「……っ！　役立たずめ」

その程度の情報で動いているのか、警察は。

須賀は「手厳しいな」と苦笑して、船の見取り図を表示しつづける、麻人の手首の携帯端末のディスプレイを覗き込む。

「ともかく、ずらかろう。そっちのマルタイは？」

「五十メートル以上後方です」

「機関室のあたりか。配下か協力者がいるな」

「そのようですね」

周囲に警戒をしながら移動をはじめる。麻人が前、須賀が後方に目を光らせる。

その途中で須賀が、「シャブか？」と尋ねた。ポルボラのシノギのことだ。薬物といっても、大麻や合成麻薬など、種類がいろいろある。

「そのはずです。南米から仕入れて、船内でも売買している様子でしたから」

こちらも、決定的な証拠は摑めていない。南米の組織から仕入れたことは確実な情報だが、船内の売買を摘発するには時間が足りないし、何よりイタリア警察の協力が必要になる。

「マジか？　怖いもの知らずだな」

須賀が驚きを孕んだ声で呟く。

「寄港しない限りは閉鎖空間ですからね」

麻人は、逃げ場がない船の上での商売の危険性を言っているのだと思ったが、須賀が言うのはそういうことではなかった。

「そういう意味じゃない」

「……？」

「《コルサーノ・ファミリー》にケンカ売ってるようなものだ。組織ごと消されるぞ」

そのまえに逮捕してやれと言われて、麻人は怪訝な視線を向ける。

「ドン・コルサーノは、薬物売買や銃器密売といった一般市民が犠牲になる商売を御法度にしてるんだ。——というより、投資や株といった金融関係でバカスカ儲けてるから、そんな危険な仕事に手を出す必要がないってのがホントのところだろうな」

意外な情報だった。

仁義を標榜《ひょうぼう》する日本のヤクザと違って、マフィアは完全なる犯罪者集団だ。ヤクザには無関係の家族や堅気を巻き込まないという暗黙の了解があるが、マフィアは一般人を巻き込むことを躊躇わないし、家族もろともに手を下す。血の絆を重んじる彼らにとって、血で繋がった家族は、もろともに制裁の対象となるのだ。

そうした不文律を、沈黙の掟という。入会は生をもって脱会は死をもって、と言われる。ヤクザのような足抜けの制度すらマフィアにはないのだ。

そんなマフィアが、一般人を巻き込まない組織運営をしているとは……。たしかに須賀の言うとおり、より割のいい仕事に力を注いでいるだけのことだろうが。

「早くずらかろう」

須賀が、早く行けと急《せ》かす。

「……ったく、薬物を海に捨てられでもしたら、どう責任とってくれるんですか」

薬物密売の摘発は、現行犯と現物所持が重要なのだ。そのための囮捜査だ。現物があれば、薬物の出所——製造工場や大元の売買組織までたどることが可能になる。

「億の取引だろう？　何がなんでも隠すさ」

シャブ――覚醒剤の末端価格は、流動的ではあるが、おおよそ一キロで七千万円、つまり一グラム七万円だ。

スーツケースの重さ制限のない船旅だから、数キロから十キロ程度と思われる。南米でポルボラの組織が仕入れたのは百キロ近い量だったが、そのうちの一部がこの船に持ち込まれた計算だ。

「勝手なことを」

簡単に言ってくれる……と毒づく。

足を進めようとしたときだった。須賀の目が見開かれる。

その顔を間近に凝視して、麻人はとっさに状況を察した。

「……っ」

側頭部に、硬いものが押しつけられる。鋼のそれは、ひやりとした感触を頭皮に伝えた。

――……っ、くそ……っ。

「声を上げるな。銃を捨てろ」

声は、ポルボラのものだった。いつの間に背後に迫っていたのか。視界の端に映るディスプレイの明滅は、先ほどと変わらぬ場所にあるというのに。やはり、機関部の造りに詳しい協力者がいるようだ。

隣の須賀が、ゆっくりとした動作で足元に拳銃を置く。

麻人はゆっくりとホールドアップした。

見れば、ポルボラはジャケットを脱いでいる。拳銃以外に何も手にしていない。

——どこかに隠したのか。

そのときに、ジャケットを脱いだか、隠すために使ったか。

「バトラーと……カメラマンか。何をコソコソ探ってやがった」

酒に焼けたしゃがれた声が問う。

麻人は唇を引き結んだ。須賀もしゃべる気はないようで、腹を括った顔をしている。

ともに荒事には慣れている。この程度でテンパるわけはないし、最後の最後まであきらめる気もない。

ひとまずの共闘を、言葉を交わさずとも麻人も須賀も決めていた。

だが、機械の陰から数人の男たちが姿を現すに至って、状況が悪いと察する。

いずれも、部門はさまざまながら船の乗組員のように見えた。セレブな乗客ではない。先ほどマッサージ店で見かけた青年もいる。

分の悪さは、彼らがおのおの手に銃器を所持していることで決定的となった。素手か刃物なら、やりようはある。だが、拳銃となったら一発で終わりだ。

とはいえ、狭い機関室内。下手に撃てば球が跳ね返って同士討ちもありえる。何より、機械類を壊すわけにはいかないだろう。洋上で航行が不可能となれば、彼らは檻《おり》に閉じ込められたも同然だ。

麻人と須賀が手にしていた拳銃は、二挺《ちょう》ともポルボラの手に渡った。

麻人も須賀も、ともにマトリや警察だと悟られるようなものは一切所持していない。

「どこの組織のものだ」

誰に雇われた？　と、案の定ポルボラは、他組織のスパイであることを一番に疑った。

「日本のヤクザだろう？　対立組織の者か？」

日本で取引を行おうとしている組織と、対立関係にある組織が送り込んできたスパイだろうと問い詰める。

ひとまず公的機関の捜査員だとバレていないことが重要だった。

警察などの捜査員だとバレたが最後、即消されるのが、この手の連中のやり口だ。だが同業他社となれば、多少話が違ってくる。

「口を割る気はない、か」

どちらも強情そうな顔をしている……と忌々し気に吐き捨てる。

「どうします？」

ポルボラの一歩後ろに控えていた、囲む連中のなかでは一番年上と思しき男がイタリア語で尋ねた。

「あと二日で日本です。それまでは……」

「死体は面倒だからな。おとなしくしていてもらおうか」

銃口を突き付けられて身動きできないでいるうちに、両手を後ろに拘束された。ガムテープやロープならともかく、結束バンドを使われる。これは容易に引きちぎれないから厄介だ。

「ボイラー室にでも放り込んでおけ」

「でもこっちのカメラマンはともかく、バトラーはヤバくないですか」

「あと二日……いや、もう一日とちょっとだ。どうとでも誤魔化せるだろう」

腕時計を確認して、日付が変わっているのを確認する。ポルボラの後ろに控える男が、注射器を取り出した。

傍らの須賀が、小さく毒づく。

覚醒剤中毒にさせるつもりらしい。

万が一死体で発見されても、薬物中毒者が勝手に事故死したと思われるだけ。そういう演出にするつもりらしい。

覚醒剤の恐ろしさは、嫌と言うほどわかっている。一度打たれたら終わりだ。濃度が薄ければまだしも、ショック死も厭わない連中の手にあるものは、無駄に濃度が高いはず。ずいぶんと気前のいいことだ。

「……っ」

注射器を手にした男が、麻人に近づく。

「ラリったら、俺が可愛がってやるからよ」

下卑た声が落とされた。

なるほど、殺さずにおくには、そういう意味もあるわけか。

こんなやつらに好きにされるなど、冗談ではない。

だからといって、下衆な輩の手にかかるならいっそ舌を噛んで……と考えるほど初心《うぶ》でもない。

いっそ発砲してくれれば、道が開ける可能性はある。

体当たりで強行突破。麻人は決めた。背中から撃たれたら、それはそれ。運がなかっただけのことだ。

奥歯を食いしばったとき、脳裏にクリスティアーノの顔が過った。「麻人」と呼ぶ甘い声を鼓膜が拾った気がしたのは、空耳以外のなにものでもない。

このタイミングで……と、胸中で毒づく。

最後にひと目、アイスブルーの瞳を見たかったなどと、絶対に思ってやるものか。

注射器の針が、頸動脈《けいどうみゃく》に近づく。

仕掛けるタイミングを計る。

麻人が腰を浮かせかけた、その瞬間だった。

何かが弾ける音がして、男が手にしていた注射器が唐突に消えていた。小さな破片が、麻人の顔にも飛び散る。

——……っ!?

直後、突然の暗闇が襲った。

「なんだ……!?」

その暗闇の向こうで、火花が数個散った。

それとほぼ同時に、男たちの低く呻く声がして、つづいてドサリ……と何か重いものが床に倒れ込む音がする。

「うわ……あっ」

悲鳴は、ポルボラのものだった。

ここまで、ほんの数秒。その間、視界は真の闇だった。

だが、弾けた火花がなんなのか、麻人は理解していた。拳銃が発射された瞬間に散る小さな火花――マズル・フラッシュだ。暗闇のなかだから、それがやけに大きく見えたのだ。

カチャリ……と、金属質な音。

ポルボラが息を呑む気配。

そして、襲ったとき同様に唐突に、闇が消える。明かりが灯《とも》ったのだ。

「……っ！」

視界に映る光景は、一瞬の間に、まるで異なるものに変化していた。

意識を失って床に倒れる男たち。ポルボラの配下の者たちだ。その急所におのおの銃口を向ける屈強な男たちは暗視スコープをつけている。

その手前に佇む長身。

上質なスリーピースのスーツを纏った、金髪碧眼の紳士の姿があった。

アイスブルーの瞳には冴え冴《さ ざ》えとした光。背筋を震わせる硬質な空気を纏った男の手には、一挺の銃。

揺るぎない銃口は、床に伏したポルボラに向けられている。

「動くな」

「……っ」

顔を上げようとしたポルボラを、短いひと言で制する。ポルボラは脂汗を滴らせながら、青い顔を伏せているしかない。背後に立つクリスティアーノの顔は見えていないはずだ。

「おいたがすぎたようだな。分を弁《わきま》えていれば見逃してやったものを」

低い声は、麻人の耳に馴染まないものだった。

腹の底から恐ろしさが込み上げる、冷やりとした、人間的な温度を感じさせない声だ。

「暗視ゴーグルだと？　軍隊かよっ」

毒づいたのは、傍らで床に転がされている須賀だった。彼を拘束しているのはバルトだ。

「せっかく、日本に着くまでおとなしくしていろと忠告してやったのに、この耳は節穴だったようだな」

彼らしくない言いぐさに思えた。須賀は「くそっ」と毒づいて、バルトを睨みあげる。そんな須賀を、バルトは無表情のなかにもどこか愉快そうに見据えるのみ。

「サメの餌になりたいか、それともしくじったとバレて組織のヒットマンにやられたいか、あるいは日本警察の手にゆだねられるのがいいか、選ぶ自由くらいは与えてやろう」

「……っ、何者…だっ、くそ……っ」

ポルボラの声は震えている。威嚇を直接向けられる恐怖とはいかようなものか。それほどに、今のクリスティアーノは別人だった。わざとだろうが、明らかな闇の気配を放っている。

「貴様ごときが知る必要はない」

返したのはバルトだった。

それだけで、自分が不可侵の存在の領域に、無遠慮に踏み入ってしまっていたことに気づいたらしい、ポルボラはガタガタと震えながら床に沈む。

「そ、組織にだけは……っ、け、警察に突き出してくれ！　日本の警察なら、人道的に――」

ガッと、鈍い音がして、クリスティアーノの爪先がポルボラの腹にめり込む。一撃で、ポルボラは気絶した。

「コンテナに放り込んでおけ」

クリスティアーノの指示を受けて、無言で取り囲んでいた兵士たちが訓練され尽くした動きを見せる。あっという間に、気絶した男たちは連れ去られた。

痕跡ひとつ残さず、この場で起きた出来事は抹消されるに違いない。

「あんたが、ドン・コルサーノか……」

呟いたのは須賀だった。直後にバルトに締め上げられて、小さな悲鳴を上げる。

「……っ、馬鹿力が……っ」

床にへたり込んだ恰好で、麻人は氷のように冴えた碧眼を見上げた。

ごくり……と、喉が鳴る。

あの雨の夜、薄暗がりの路地奥に見た、餓えた獣のような青い瞳を想い出す。

麻人が拾ったのは手負いの獣だった。その印象は、間違っていなかったのだ。

クリスティアーノが手にした拳銃から立ち上る硝煙香。

先ほど、注射器を弾いたのは、クリスティアーノの放った一発だった。入り組んだ物や人の隙間を縫って小さな的に正確に当てられる射撃の腕は、特殊部隊の狙撃手レベルと思われる。銃器の扱いに慣れていなければ、できる芸当ではない。

「あのころから、マフィアだったのですか？」

その問いには答えず、クリスティアーノは拳銃をスーツ下のホルスターに戻し、麻人のまえに片膝をつく。そして、後ろ手に拘束されて自由の利かない麻人の痩身を引き上げた。

「クリス……!?」

答えろ……！　と、嚙みつく勢いで怒鳴る。

自由を奪われた痩身を片腕で抱き寄せて、クリスティアーノは間近に麻人を見据えた。

宝石のように美しいアイスブルーの瞳の中心に、怒りを滾らせた自分の顔が映されている。

頤を摑まれた。

驚きを発する間もなく、噛みつくような口づけに見舞われる。

「……っ！　う……んんっ！」

顎を摑まれているために、口腔を明け渡すよりなくなる。舌を噛んでやることもできない。

「う……んっ、……ふっ」

濃厚な口づけ、膝を割る太腿が拘束がなくとも麻人の身体の自由を奪う。

須賀に見られている。バルトにも。

「……っ！　ん……ぁっ」

ようやく解放されたとき、麻人の舌はすっかり痺れ、まともに言葉を紡げる状態ではなくなっていた。

「この場で犯されたくなければ部屋までおとなしくしていろ」

耳朶に落とされる脅迫。

ぎょっとして目を見開く。

注がれる視線は、冗談など言っていなかった。麻人が抵抗すれば、何をされるか知れたものではない。

「……っ」

マフィアという単語が、じわじわと麻人の裡を侵食しはじめる。

「部屋に戻る。そっちは好きにしろ」

麻人の拘束を解いて、腰を抱く。そして踵を返した。

「御意に」

恭しく応じながら、バルトは須賀を軽々と拘束していた。須賀はもがくものの、どうにもならない様子で毒づく。

「おいっ、待てっ、小城島をどうするつもり――」

「少し黙っていろ。貴様には聞きたいことが山ほどある」

バルトの低い声が届いたが、麻人にはどうすることもできなかった。

7

オーナールームに連れ込まれ、何度も抱き合ったベッドに放られる。

「須賀さんは？」

最初に、自分のことより他人のことを心配する麻人を、クリスティアーノは呆れた眼差しで見た。

「ちゃんと生きて日本の土を踏めるようにしてやる」

心配することはないと返される。

「洗いざらい全部しゃべってもらうが殺しはしない」

バルトがずいぶんと気に入ったようだからな、と苦笑気味に言葉を足す。

それはどういう意味なのか、と問いたかったが、今はそれどころではない。

「私の質問に答えてもらっていません」

拘束痕の残る手首をさすりつつ、睨むように言葉を向ける。

「騙されたと言うのなら、お互いさまだ」

たしかに返す言葉もないが、公的機関の捜査員であることと、犯罪組織のトップとでは話が違う。

「マトリとはね……薬学の知識は充分に活《い》かされているわけだ」

バトラー部門に異動させたのは余計なお世話だったようだ、と肩を竦める。

「いつから？」

いつから自分の正体に気づいていたのかと問う。

「きみが私の拘束を払ったあとで、全部調べた」

あの動きは、素人ではありえないものだと指摘される。そんなことで？　と奥歯を噛んだ。

「泳がせていたと？」

「私にできることならいくらでも協力するつもりでいたが、きみはいっこうに頼ってくれなかった」

頼れるわけがない。

いくら船のオーナーだからといって、薬物密売人の摘発に力を貸してくれなんて……危険とわかっているのに。

いや、違う。

意地を張っていただけだ。

クリスティアーノを頼ることに抵抗があった。過去の傷が、それをよしとしなかった。

「あの夜の傷は、マフィア同士の抗争によるものだったのか？」

「あの当時は、小さな組織を率いる程度だったが。どこの世界でも、出る杭は打たれるものだ」

若い力の台頭に、戦慄を覚える老獪《ろうかい》は多い。今でも、クリスティアーノは常に命を狙われる立場にあるのだという。

「どうして……っ」

名家の子息が、なぜ闇の世界に？　ただのギャング崩れとは話が違う。自分と須賀を助けてくれたあの戦力を見るに、組織の規模は想像以上だ。

「昔話はまた今度にしよう」と、クリスティアーノが碧眼を細める。「私には、仮面をかぶる必要があった」それだけのことだと静かな声が紡いだ。

ベッドの上で身動きできないでいる麻人の傍らに腰を下ろし、長い脚を組む。

頬に手を伸ばされた。指先から伝わる体温が、麻人の裡から憤りを散らそうとする。己の裡に今も息づく恋情が忌々しい。

「きみを、闇に染めるわけにはいかなかった」

だから何も言わずに消えたのだと言う。

「だが、きみは思いがけず強い目をして、再び私のまえに現れた」

あのころに比べて可愛げがなくなった自覚はある。

「聞きたくない」

過去を振り返る気はない。己の裡にあのころと変わらない感情が息づいている自覚があるがゆえに余計、触れないでほしかった。

けれど、そんな麻人の願いを、クリスティアーノは聞き入れてくれない。

「私に抱かれたのが、仕事を円滑に遂行するためであったとしてもかまわない」

「……っ」

見抜かれている。

だが、クリスティアーノは知らないはずだ。そうとでも割り切らなければ、麻人の裡で折り合いがつかなかっただけだということを。

「私も好きにさせてもらう」

「な……っ」

甘い声が近づいて、麻人は驚いて身を引く。だが、間に合わなかった。

瘦身を、シーツに押さえ込まれる。拘束する腕を払おうにも、逮捕術の応用は、もはやクリスティアーノには利かない。

間近に、アイスブルーの瞳が迫る。

唇に吐息がかかって、麻人は反射的に嚙みついていた。

驚いて身を引いたクリスティアーノの唇の端に血が滲む。それを舐めた美しい相貌が、鬼畜な一面を覗かせた。ポルボラに拳銃を向けていたときに感じたのと同じ悪寒が背筋を伝う。

「いけない子だ」

頤を摑まれ、間近に低い声が落とされた。

それでも麻人は、懸命にアイスブルーの瞳を見据える。その気丈さに、クリスティアーノは愉快そうに喉を鳴らした。

「再会の瞬間に、今度こそ手放さないと決めた。あのころにはなかった力が、今の私にはある」

「勝手な……っ」

「ああ、勝手だ」

間近に迫る碧眼が細められる。

睨み合うように見つめ合って、その瞳の拘束から逃れられない。

今度は、嚙みつくことがかなわなかった。瞳の威力に捕らわれて、動けなかった。

甘ったるく唇を啄まれる。そこから伝わる熱が、麻人のかたくなな心を蕩かそうとする。

須賀の言うことが事実なのだとすれば、今自分を組み敷く男は犯罪者だ。俄《にわ》かには信じられないけれどマフィアのボスだ。

本人が認める発言を一切していないからといって、違うと言い切ることは、もはや麻人にはできなかった。

イタリアにおいても、拳銃の所持には許可が必要となる。しかも、ポルボラの手下たちを取り囲んだ黒服の男たちは、明らかに訓練された兵士だった。バルトは、外事警察の潜入捜査官である須賀を、いとも容易く拘束した。前歴を調べたら何が出てくるか、考えるだに恐ろしい。

そんな男の甘言に、自分はまんまと蕩かされようとしている。

ずっとずっと忘れられなかった。忘れたつもりで、ずっと忘れることのできないたったひとつの恋だった。

その事実を認めたくない。今さら、蒸し返したくなどないのに……っ！

「それほどに、愛している」

ドクリ……と心臓が跳ねた。呼吸が浅くなる。

はじめて聞く、愛の言葉だった。

過去には、聞いた記憶はない。言った記憶もない。そういう関係だった。そういう関係で終わるはずだった。

「聞きたくない」

吐き捨てる声が掠れた。

「麻人」

間近に甘い呼び声。

記憶にあるのと変わらない。

「聞きたくない……っ」

顔を背けた。耳を塞ぎたいのに、身体が自由にならない。

視線を合わせるように、頬に添えられた大きな手が、麻人の顔を引き戻す。いやだ……と抗った。

「愛しているよ」

胸が痛い。

呼吸が苦しい。

「愛している」

唇に、直接注がれる愛の言葉。

もう限界だ……と、心が悲鳴を上げた。

「くそ……っ」

毒づいて、口づけがもたらされるまえに嚙みつく。

けれど今度は、攻撃的なものではなかった。深く咬み合わせて、口づけを受け入れる。

「……っ、……んんっ！」

力強い腕が麻人の痩身をきつく抱きしめた。

脇に感じる鋼の存在感。クリスティアーノが身に着けたままのホルスターに収められた拳銃の硬さだ。鋼の凶器のひやりとした感触が、どうしたことか麻人の陶酔を誘う。

広い背をかき抱いて、情熱的な口づけに興じる。布越しに感じる体温が、麻人の胸の深い場所を蕩かせた。

クリスティアーノの纏う危険な空気にあてられているのだと気づく。日常では味わえない冥い興奮が、肉体を高ぶらせているのだ。

今さらのように、己の性癖を突き付けられた気分だった。おとなしげに見せかけてその実、麻人は非日常を望む。あの夜、警察に届けることなく手負いのクリスを助けたのも、その後何者か知れない男を匿ったのも、その男に抱かれたのも。そもそも医者ではなく麻薬取締官を目指したのも、麻人の裡のそうした性質が、危険を求めたからだと、今になって気づく。

目の前の男に惹かれるのは、腹の奥底で疼くものがあるためだ。高揚感を求める自分が、危険な香りに惹かれ、より強い陶酔を望む。

まるで麻薬に酔うように、麻人は危険の香りに酔い、食らいたい衝動に駆られる。抗いがたい欲情に火がついて、麻人はがむしゃらに男を求めた。

邪魔だとばかりにジャケットの襟元を引っ張り、ワイシャツから覗く首筋に食らいつく。甘くスパイシーなパルファンの香りとその奥の隠しきれない硝煙香を肺いっぱいに吸い込んで、熱い息を吐いた。

ようやくひとつ大きな息をついて、麻人はぎゅっと広い背に縋る。小刻みに震える痩身を、力強い腕が抱きしめ、大きな手が背を撫でる。

乱暴に、バトラーの制服を剝《む》かれた。引き裂くように、インナーのシャツの前を肌蹴られる。

白い肌はとうに情欲に色づき、しなやかな胸の上でツンと尖った飾りが赤く色づいている。

そこへ、唇を落とされた。強く吸われて、甘い声が上がる。

「あ……ぁっ！」

白い喉を仰け反らせ、豪奢な金髪に指を滑らせ搔《か》き乱す。

もう一方の胸は指に捏ねられて、ジクジクと疼くような感覚が痩身を伝って身体の深い場所で燻《くすぶ》る情欲を焚きつける。細腰が淫らに揺れた。

荒い呼吸に胸を喘がせる麻人に熱をたたえた青い視線を注ぎながら、クリスティアーノがタイをゆるめ、スーツのジャケットを脱ぎ捨てる。その下に装備していたホルスターには弾の残った拳銃。ベストのボタンに手をかけようとする男に手を伸ばす。

ホルスターから拳銃を抜き取った。充分に止められるのに、クリスティアーノは麻人の好きにさせた。

銃身に熱が残っている。この銃が、たしかに発砲された証拠だ。麻人を救ったのがクリスティアーノである証。

抜き取った銃を、クリスティアーノの喉元に突き付ける。麻人の悪戯を、クリスティアーノは愉快そうに見ているだけだ。

そう、悪戯だ。

弾倉から、残弾を抜き取る。それをひとつひとつ、シーツに放った。

役立たずになった拳銃は、ベッド下へ抛《ほう》り捨てる。

今度はゆったりと情熱的に口づけながら、互いの着衣に手を伸ばした。すでにシャツを肌蹴られていた麻人は、あっという間に一糸纏わぬ姿に剝かれてしまった。

逞しい肉体を露わにしたクリスティアーノが覆いかぶさってくる。間に滾った肉欲の存在を感じて、麻人は無意識にも受け入れる態勢をとっていた。

再会して今日までに、すっかり慣らされた身体は、熱い情欲を欲して蕩けている。クリスティアーノでなければ、こんな淫らに求めたりしない。

「ひ……ぁっ、……あぁっ！」

いきなりの挿入にも、麻人の肉体は、悲鳴ではなく歓喜の反応を見せた。白い喉からは甘ったるい嬌声があふれ、しなやかな太腿は責める男のたくましい腰に絡みつく。もっと深くもっと激しくと引き寄せる。

「あ……ぁっ、……んんっ！　――……っ」

激しい律動が襲って、視界がガクガクと揺れた。広い背にひしと縋って爪痕を刻む。深く食い込む指先から血の匂いが立って、麻人の興奮を煽った。

クリスティアーノの碧眼が愉快そうに細められる。まるで、最初に出会ったときから、麻人の性質に気づいていたかのように、満足気な笑みが口角に刻まれる。

「もはや私以外に、きみを満足させられる男はいないはずだ」

ベッドの上に限ったことではない、生活のすべてにおいて、もはや生ぬるい日常に満足できるはずがないと甘い声が誘う。

「自信過剰…男……っ」

背に食い込む指先に、さらに力を込める。クリスティアーノが眉根を寄せた。

少し胸が空《す》く思いがして、クスクスと笑う。愛猫の悪戯を咎めるかに、両手首を摑まれ、頭上に縫いつけられた。

「ひ……っ、い……ぁっ！　あぁ……っ！」

乱暴に最奥を突かれて、悲鳴が迸る。力強く穿たれて、瘦身が痙攣する。白い胸に、白濁が飛び散った。

「は……ぁっ、……っ」

「……っ」

跳ねる細腰を押さえつけ、最奥にねじ込むように注がれる情欲。熱い飛沫に汚されて、背徳感が思考を霞ませる。

けれどまだ、満足にはほど遠かった。

うねる内壁が、クリスティアーノを絞り上げる。もっと欲しいと淫らに誘う。

繋がりを解かれ、そんな刺激にも喉が鳴る。瘦身が震える。後孔からあふれる情欲が太腿を伝って、淫らな熱を焚きつける。

クリスティアーノは愉快そうに麻人の乱れるさまをうかがう。瘦身を裏返され、シーツに押さえ込まれた。

屈辱的な態勢にも、肉欲が疼くのは、最初のときにそう教えられたせいだ。傷が癒えてから忽然と消えるまでの短い間に、クリスは何も知らなかった麻人の肉体に、あらゆる愛し合う術を教え込んだ。

それを麻人の身体が覚えていることを察して、男は愉快そうに口角を上げる。そして腰だけ後ろに突き出すような、淫らな態勢をとらせた。

「ひ……んっ、あ……ぁ、あぁっ！」

最奥を穿つ剛直が、感じる場所をこすりたてる。嬌声をシーツに沈め、細い腰を淫らに揺らして、麻人は与えられる喜悦を享受した。自らも求め、責める男を悦ばせる。

「あ……あっ、い……ぁっ、――……っ！」

ひときわ深く突き入れられて、しなやかな背が仰け反る。

うねる内壁がクリスティアーノをもっと奥へと誘い込む。最奥で弾ける熱の愛《いと》おしさ。耳朶に触れる熱い吐息が恍惚を生む。

呼吸が整うまでじゃれるように口づけて、身体を繋げたまままどろみ、そしてまた抱き合う。

ベッドの上で身体の上下を幾度となく入れ替えながら、ガラス天井から注ぐ星の煌《きらめ》きと月明りとが、やがて傾いていくのを見た。

腰を跨《また》がされた恰好で、見上げるクリスティアーノの視界に嬌態を晒す。掠れた喉からはもはや濡れきった喘ぎしか紡がれない。

幾度目かの頂に痩身を痙攣させ、麻人は広い胸に倒れ込んだ。力強い腕が力を失くした肢体を抱きとめてくれる。

髪に頬に、触れる唇。

疲れきった身体を這う大きな掌の心地好さ。

重くなった瞼を開けるのは困難だった。

どうせこれで終わりだ。だから今だけ。今だけ、この腕のなかで欲望に溺れていたい。

目が覚めたら、この腕を抜け出して、ポルボラの監禁場所を探して、そして横浜港で待つ上司と同僚に連絡を入れる。

それで終わりだ。

何もかも。

マトリとしての任務も、クリスティアーノと過ごす時間も。

今度こそ、この恋は終わる。

「麻人、愛しているよ。だから――」

今度こそ放さない、と耳朶に注がれた低く甘い声を、麻人は意識が混濁するなかで聞いた。

ありえない……と、思ったところまでは、かろうじて記憶があった。


昏々《こんこん》と眠りつづける麻人をそっとベッドに寝かせて、クリスティアーノは部屋を出る。

後始末が残っている。

自分の船でろくでもない仕事をしていた密売人をこのまま許す気はないし、麻人を手放す気など毛頭ない。

　無駄な優秀さを見せた日本警察には、やはり黙ってもらう必要があるが、こちらはバルトに任せてある。

　部屋を出ると、バルトが出迎えた。

「横浜港の停泊時間は二十四時間です」

「その間にすべて終わらせる」

　手配は？　と問う。

「ぬかりなく」

　ニンマリと口角を上げて返すバルトに、麻人の手首から抜き取ってきたものを放る。

「警察と違ってマトリはずいぶんと予算があるようですね」

　バルトが呆れたように言った。

　最新のデジタル機器には、どこから流出したものか、《アドリアクイーン号》の情報が蓄積されていた。そして、麻人の帰国を待つ組織の情報も。上司ひとりとだけ繋がった状態で単身の潜入とは恐れ入る。どうりで油断ならない瞳をするわけだと愉快に思った。

「あの坊やのカメラに仕掛けはなかったのか？」

「趣味の自前だとわめいておりました」

　バルトの言いぐさが愉快で、ちゃんと返してやれと忠言する。バルトは「そのうちに」と、含みのある笑みを口元に刻んだ。

「取引相手は？」

「判明しております」

「黙らせろ。手段は選ばん」

「御意に」

日本でポルボラと取引予定だった連中を黙らせ、ポルボラが属する麻薬密売組織に痛手を負わせる。手柄はマトリに。

麻人個人の手柄にならないのは申し訳ないが、それについてはのちのちいくらでも文句を聞くことにしよう。

「南米の組織はいかがいたしましょう？」

ポルボラが覚醒剤を仕入れた組織のことだ。

「先物取引でいくらか損をさせてやれ。そうだな……五百万ドルくらいか」

「そのように指示します」

「それから今回得た情報を日本警察とＦＢＩに流してやるといい」

それでいいだろう？　とバルトに視線を向けると、「もう少ししゃべらせます」と強面に嗜虐《しぎゃく》的な笑みを浮かべた。

「殺すな。私が麻人に叱られる」

喉の奥で愉快さを転がして、クリスティアーノは船上デッキへ。そこには、近づく陸地を眺める乗客たちが集っていた。

麻人を育んだ土地に、クリスティアーノも興味が尽きない。だが今回は、ゆっくりと下船している余裕はなさそうだ。

エピローグ

目覚めたとき、麻人は完全に時間の感覚をなくしていた。

ガラス張りの天井からは、燦々と太陽光が注いでいる。抜けるような青空の色が、まずは麻人に違和感を与えた。

妙に頭が重い。

身体は清められているが、裸のままだった。

身体中に散った痕跡を見て、またひとつ違和感を覚える。昨夜の今で、これは……?

それから異常な空腹感。

重い頭を抱えてベッドを這い出し、バスルームへ。その途中で、腕にはめていた携帯端末が消えていることに気づいた。

「……っ!」

そして、ようやく働きはじめた思考回路が、エマージェンシーを鳴らす。この部屋には、時間や日付を確認できるものがない。

素っ裸のまま隣室につづくドアを勢いよく開けた。

執務デスクに、クリスティアーノの姿があった。

一糸纏わぬ姿の麻人を見て、「おや」と碧眼を瞠り、スーツのジャケットを脱ぐ。「目のやり場に困るね」と、麻人の肩に羽織らせた。

だが麻人は、そんなことに頓着していなかった。それどころではなかったのだ。

「目が覚めたかい？」

呑気な口調とうすら寒い笑みが忌々しい。

「……何をした？」

低く問う。

「なに、とは？」

クリスティアーノの碧眼が細められる。悪戯を仕掛けた少年のような光を宿して。

「俺の身体に何をした!?　俺に何をした!?」

襟首に摑みかかると、腰に腕がまわされる。うっかりと広い胸に取り込まれてしまった。

そのとき、クリスティアーノの肩越しに、ありえないものを捉えて麻人は目を瞠る。

「……っ！　ここ…は……」

執務デスクの背後、一面のガラス窓の向こうに広がる紺碧の海。

海から繋がる空は抜けるような青い色。ベッドで目覚めたときに見た天井の色に、違和感を覚えた理由が知れた。

——外洋……!?

どうしてまだ、外海を航海しているのか。

「日本は!?」

横浜に寄港する予定になっていたはずだ、とクリスティアーノの襟首を締め上げる。まさか予定を変更させて麻人が下りられないようにしたのかと疑ったためだ。——が、クリスティアーノの悪巧みは、麻人の想像の上をいっていた。

「本当は私も日本観光を楽しみたかったのだが、いろいろやることが多くてね」

下船できなかったと残念そうに言う。

「寄港したのか!?」

「もちろん」

予定どおりに寄港して、予定どおりに出港してきたのだと返される。

「じゃあ、どうして……」

ゆるり……と目を瞠った。

「一服盛ったのか!?」

いつの間に!? マトリ相手にいい度胸だと、ますます強い力で襟元を締め上げると、クリスティアーノは「落ち着いて」と、片手で麻人の腕を制してしまった。

「薬剤師に調合させた合法的な薬だ。なんなら確認するといい」

麻人ならそれがどんな薬かわかるだろう？　と言われて、ぐっと詰まる。

「ポルボラは――」

どうなったのか？　と問いかけて、クリスティアーノのデスクに見慣れたものが置かれているのに気づいた。麻人の腕時計型の携帯端末だ。

慌ててクリスティアーノの腕をすり抜けて、それを取り上げる。パスワードで立ち上がる。間違いなく麻人のものだ。

メールの着信を知らせる通知が表示されている。それから電話が着信したことを知らせる通知も。電話は、公衆電話と表示されていた。間違いなく上司だ。

背後のクリスティアーノの目に映らないように注意しつつ、届いているメールを開く。それを読み進めて、麻人はゆるゆると目を見開いた。

ありえないことが書かれていたからだ。

「これ…は……」

いったいどういうことだ？　と自身に問いかけて、こんなことをするのはひとりしかいないと結論づける。

「どういうつもりだ……っ」

またもクリスティアーノの胸倉を摑みあげた。

「俺に成りすまして――」

麻人の記憶にないメールのやり取りが、端末に残されていたのだ。

船長の協力のもと、マウロ・ポルボラと一味の身柄を押さえ十キロの麻薬を発見したこと、それを引き渡したあと、もうしばらく潜入捜査を続行したい旨の申請と許可。すべて、誰かが麻人のふりで上司とやり取りしている。

麻人の文体を真似《まね》、完璧に上司を騙した誰か――クリスティアーノはまったく悪びれない顔で、麻人の憤りを受け止めた。

「麻薬所持容疑でマウロ・ポルボラとその一味は全員摘発された。たまたま居合わせた麻薬取締官に身柄を引き取ってもらった。取引されるまえに水際で摘発できてよかったとおっしゃっていたよ」

「……っ！　よくも……っ」

胸倉を締めあげても、まるで歯が立たない。

「先に言っておこう。きみは昨日付けでクビになった。この先の航海は、一乗客として私に同行してもらう」

ここまできたら何をされても驚きはしないが、飄々とした態度が腹立たしい。

「愛人として囲ったらどうだと、挑発したのはきみだ」

「マトリがマフィアの愛人？」

悪い冗談だと吐き捨てる。

余裕の顔を崩すことのない男を睨みあげた。

「私は何も言っていないよ」

須賀がそう言っただけで、それらしく聞こえる発言はあったかもしれないが、明言はしていないとしゃあしゃあと言う。

事実だけに、これ以上追求できない。物的証拠もない。

「……っ、くそ……っ」

そういえば須賀は？　あのあとどうなったのだろう。横浜で下船できたのだろうか。

「彼にはこの先のクルーズ中ずっとおとなしくしていてもらうことになった」

「なにをした？」

外事警察である彼を下船させず、それどころか黙らせたと？

だが、麻人の問いにクリスティアーノは答えない。代わりに、今一度腕を伸ばしてくる。

「やめ……っ」

振り払おうにも、無理なことはもはやわかっている。それでも抵抗しないわけにいかない。

「せっかく素敵な姿で誘惑してくれているのだから、応えなくてはいけないな」

言われてようやく、自分が素っ裸であることが恥ずかしくなった。カッと頬に血が上る。

「軟禁状態に置いて、囲って、好きに抱いて、それで？」

やられっぱなしになるのは癪《しゃく》だ。間近に迫るアイスブルーの瞳を睨みあげる。

「愛するきみを常に傍に置いて、毎日抱いて、そして愛していると言おう」

「……っ」

やられた、と思った。

悔しいことに、すでに見据えるアイスブルーの瞳に捕らわれている。その美しさの根底にあるのが闇でも、もはやかまわないと思うほどに、その美しさに囚われている。

「マトリをやめる気はない」

マフィアの世界に染まる気はない。

自分は麻薬取締官であり、どんなものでも、誰がかかわっていても、摘発するときはする、と宣言する。

「好きにしたまえ。私は私のやるべきことをするだけだ」

マフィアなのか実業家なのか伯爵家の当主なのか。その全部の仮面を使い分けて、クリスティアーノ・ジェラルド・デ・シルヴェストリという人物を生きるだけだと言う。

唐突に、愉快さが込み上げてきた。

こんな男はほかに知らない。

闇社会にも、表の世界にも、きっといない。

それが善でも悪でも、法的にどうであっても、己の真理にそぐわないことには頷かない。一方で、信じるままに無茶もする。

「この船の最終目的地は？」

「イタリア、ローマ」

ふたりの出会った街だ。

麻人はゆるり……と目を瞠った。その先で、碧眼が眇められる。

これは果たして偶然なのか、それともクリスティアーノは、想い出の地として最終寄港地にローマを選んだのか。

「残り二か月弱の航海だ」

「二か月弱の間に、尻尾を摑んでやる」

寄せられる唇に、宣戦布告する。

麻薬取締官が組織犯罪の捜査をするのか？　と愉快そうに返される。その発言こそが認めたようなものではないか……と思ったが、今はこれ以上問い詰めなかった。

どのみち、もはや船は外洋上。どこにも逃げ場はない。世界一周クルーズが終わるまでに、その先どうするか、考えればいい。

この男に手錠をかけるのか、それとも自分が闇に染まるのか、あるいは表と裏の顔を使い分けて生きるのか。……クリスティアーノのように。

それはどんな生活なのか、興味が湧いている事実には、ひとまず蓋をする。

咬むような口づけ。噎せ返る危険の香りに酔って、麻人はとろり……と瞳を潤ませる。

視界いっぱいに広がるアイスブルーの瞳のその奥に潜む闇の気配。背筋を震わせるそれが、たまらない快感となって麻人の痩身を支配した。

クルーズ・
ウェディング

最終寄港地、ローマは目前に迫っていた。

船が地中海に入って、海の色も波の具合も外洋とは違う。

地中海クルーズは、豪華客船の旅のなかでもとくに人気で、ジブラルタル海峡を通過する前後から乗り込む客は、他寄港地よりも多い印象だ。

最終寄港地とはいっても、そこからまたさほどの期間をあけずに、船は世界一周クルーズに出港するから、最終寄港地はイコール出港地でもあるのだ。

アシスタントパーサーからバトラーに勝手に異動させられたのち、クビになって一般客として《アドリアクイーン号》に乗船している麻人《あさと》には、充分すぎるほどの時間があった。

一応、これでもまだ潜入捜査中なのだが、身分を偽るための仕事に就く必要がないために、することといえば、クリスティアーノの仕事ぶりを日々観察することと、船内をくまなく散策すること、そしてバルトを筆頭に、乗務員として乗り込んでいる《コルサーノ・ファミリー》の一員と思《おぼ》しき面々について探りを入れることくらい。

とはいえ、隠し立てしなくてはならない仕事はないと言って、クリスティアーノは麻人が尋ねれば大概のことに答えてくれるし、船内に怪しい隠し部屋などはない。船員たちの個人情報については管理システムに潜入しても、さしたる情報は得られなかった。

つまりは、横浜《よこはま》を出港して外洋で自分の置かれた状況を把握してから今日までに、たいした捜査はできなかった、ということだ。

「これじゃあホントに囲われてるみたいじゃないかっ」

みたいではなく、事実周囲の認識として、今の麻人は船のオーナーであるクリスティアーノの愛人だ。

一乗組員だったはずが、突然クビになったかと思えばオーナーのスイートルームに入りびたりとなれば、元同僚の乗組員たちの間にも噂は広まる。

クリスティアーノとそういう関係にあるからといって、愛人扱いは心外だ、というのが麻人の言い分だった。

デッキを眺められるカフェのテラス席。朝から執務に追われるクリスティアーノを置いて、部屋を出てきた。トロピカルなドリンクは喉を潤してはくれても、イライラを鎮めてはくれない。

「憂い顔だな、愛人さん」

後ろからぽんっと肩を叩《たた》かれて、ムッとして声の主を振り仰ぐ。

「須賀《すが》……」

無事だったのか!?　と目を見開いた。あのあと顔を見なかったから、どうしているのかと思っていたのだ。

まえに見たときより、少し痩せて筋肉も落ちたように見えるが、顔色は悪くないようだ。

「ああ、おかげさまで」

向かいの席に腰を下ろし、「痛《い》って」と小さく毒づく。「くっそ、あの絶倫オヤジっ」とさらに毒づくのを聞いて、麻人は首を傾《かし》げた。

「……？　須賀？」

どうしたのか？　と問う。体調が悪いのか、あるいはどこか怪我《けが》でもしているのか。バルトによってどこかに監禁されていたのだとしたら、何度か逃げようとして暴れたことも考えられる。――が、今こうして自由にしている理由はわからない。

「なんでもねぇよ」

気にするな、と返す頬《ほお》がうっすらと赤い。手首に拘束痕を見とって、やはり監禁されていたのかと察した。だが、この男が、理由もなくおとなしく言いなりになっているとは考えにくい。

ホール係を呼んで、須賀はビールをオーダーする。届けられたよく冷えたグラスに注がれた黄金色の液体を、須賀は実に旨《うま》そうに呑んだ。

「なんて脅されてるんだ？」

「あ？」

「何か弱みを握られたんだろう？　でなきゃ、あなたがおとなしく船に乗っているはずがない」

指摘すると、須賀はさも嫌そうに眉根を寄せる。

「俺はもともとローマまで乗る予定だった」

それだけだ、とぶっきらぼうに返された。

「ふうん？」

麻人が「嘘《うそ》が下手だな」と揶揄《やゆ》すると、須賀は面白くなさそうに頬杖をついてデッキを見やる。そういう仕種《しぐさ》をすると、本当に絵になる男だ。警察官ではなく、モデルでも俳優でも目指せばよかったものを。

「そっちこそ、マトリはクビになったのか？」

「任務続行中だ」

「任務、ねぇ……」

麻薬取締官の捜査対象など、もはやこの船には乗っていないだろうにと、やり返される。同族嫌悪というわけではないが、須賀といるとどうしてもこういうやり取りになってしまう。

「テロにかかわってもいない組織を調べる意味があるんですか？」

外事警察がそんなに暇だとは……と肩を竦《すく》めて返す。

「まさか。こちらはマフィアのボスの愛人なんて、優雅な身分じゃないもんで」

「……っ」

愛人じゃない！　と返せば、じゃあなんだ？　と追及されそうな気がして言葉を呑《の》んだ。ふいっと顔を背けると、「ラヴラヴ蜜月中じゃなかったのか？」と呆《あき》れた口調で揶揄《からか》われる。

「ローマに着いたら、どうするんだ？」

「あなたは？」

「さぁてね」

質問に質問で返すのは反則だと笑われる。

「あいつについていくのか？」

「……」

何も返さないでいると、麻人の表情から何を見とったのか、須賀は「顔に似合わず腹が据わってるな」と苦笑した。

「たいしたタマだよ、あんた」

「何も言ってませんが？」

「顔みりゃわかる」

何を考えているのかなんて、わからないわけがないと返される。まったく、優秀すぎる潜入捜査官だ。

「俺はローマに着いたらとんずらさせてもらうつもりだ。――けど、逃げられなかったときには、また一杯つきあってくれよ」

バルトの監視が厳しいことをうかがわせる。それでも、この男はおとなしくしている気はないのだろう。

「成功をお祈りしています」

ストローでグラスの氷をつつきながら軽く返す。

「絶対無理って口調で言うなよ」

同じ日本人同士、多少は協力してくれてもいいだろうにと零《こぼ》す。そもそも麻人の協力など、期待していないくせして。

「死ぬなよ」

「あなたも」

ニンマリと含みのある笑みを残して、須賀は席を立った。

周囲にバルトの姿はないが、組織の息のかかった者が、自分たちを監視しているのは間違いない。自分以上に危険な状況を数々潜《くぐ》り抜けてきただろう須賀には、わかっているのだろう。

――死、か……。

紙一重の世界に、踏み入る覚悟。

そんなものは、とうに決まっている。

素直になりきれないのは、たんに意地を張っているだけのことだ。

鐘の音が響く。

何かと思ってデッキを見やると、スーツとウェディングドレスのカップルが姿を現した。船上ウェディングだ。船に乗っている間、何度か目にした光景だ。

船内には教会もある。神父も乗っている。船上デッキで乗り合わせた人々の祝福を受けながら愛の誓いを交わす。生涯、忘れられない人生の一幕だろう。

幸せそうなカップルを眺めている気になれなくて、麻人は席を立つ。最終寄港地、ローマは近い。


いいかげん、ナイフとフォークで食べるディナーにも飽きた。

ほとんど口をつけずにカトラリーを置くと、「食欲がないのかい？」と向かいから気遣う声がかかる。

「和食を届けようか？」

「いい」

外国人シェフがつくる日本食など、どうせ美味《おい》しくないと返す。

「ご機嫌斜めだね」

「べつに」

イタリアンやフレンチに飽きたわけではない。こうしてダイニングテーブルで向き合ってする食事に飽きたのだ。

昔、麻人のアパートで過ごした三週間あまりの期間、基本的に食事はイタリアンだった。当時はまだ今ほど日本食が浸透していなくて食材が手に入らなかったというのもあったが、特別和食を恋しいと思うこともなく、何を食べても美味しかったし、つくり甲斐《がい》もあった。

テーブルマナーなど気にすることなく、ソファで寄り添いながらマーケットで買ったサラミやチーズをアテに安いワインを飲み、口づけ、そのままソファで抱き合うこともあった。

あのころのように過ごしたいというわけではないが、伯爵家当主として振る舞うクリスティアーノに窮屈さを感じているのも事実だ。

異母弟が急死しなければ家督を継ぐことはなかったとはいえ、三つ子の魂百までとはよくぞ言ったものだ。母を亡くす五歳まではシチリアの農園で伸び伸びと育ったと聞いたが、血は争えないということだろう。クリスティアーノは裏表の顔を完璧に使い分けている。

とはいえ、麻人のまえでは、横浜に寄港する直前にポルボラ一味とやりあったとき以来一度として、裏の顔は見せていない。世が世なら伯爵の称号を戴《いただ》く名家の当主として、あくまでも紳士的に振る舞う。闇の一面を見せることがあるとすれば、それはベッドのなかだけだ。

うっかりそんなことを考えて、ドクリと心臓が脈打つ。

「麻人？」

どうかしたのか？　体調でも悪いのかと気遣われて、麻人は慌てて席を立った。

「なんでもない」

自室に逃げ込もうとした。今夜はひとりで眠りたい。少し頭を冷やしたい。

なのにクリスティアーノは許してくれない。すぐに捕まって、広い胸に抱き込まれる。旋毛《つむじ》に口づけられて、ぐずるように身を捩《よじ》った。

「やめろ……よっ」

「どうして？」

「毎日毎日……っ」

身が持たないと拒否する。

「本当に？」

耳朶《じだ》に甘く囁《ささや》かれて、ビクリと肩を揺らした。首を竦める。

嘘だ。そんなにヤワではない。それどころか、毎日抱き合っても抱き合っても足りないと思わされる。こうして寄り添っているだけで、肌が熱を上げはじめる。

すべて見透かしたような口調が気に食わなくて、麻人は傍らの男をキッと睨《にら》みあげる。見上げた先には、悠然とかまえるアイスブルーの瞳。

この余裕が癪《しゃく》に障るのだ。

あのころは対等だったのに……いや、匿っているぶん、自分のほうに主導権があったのに。今はすべて支配されているようで、なんだか面白くない。

「……っ！」

余裕の笑みを浮かべる唇に嚙《か》みついてやる。クリスティアーノは少し驚いた顔をして、それから愉快そうに目を細めた。痩身を抱きしめる腕の囲いを狭めてくる。

「誘っているのかい？」

悪戯《いたずら》がすぎるな、と笑われる。

「違うっ」

不満いっぱいに睨んでも、まったく取り合ってもらえない。麻人がこの腕から消える可能性など、微塵《みじん》も考えていないようだ。

「ローマに着いたら、日本に帰るから」

クリスティアーノの反応を見たくて、ついそんなことを口走る。

「どうして？」

まるで考えもしないという顔で問い返されて、ますます面白くない気持ちに駆られた。

「どうして、って……、仕事の報告とか、いろいろやることが……」

「そうか」

それだけ？　ほかに言うことはないのか？

広い胸を押しのけるように腕を突っ張って押しやる。だが、腕の囲いは解けない。

「今日はひとりで寝るっ」

「本当にご機嫌が悪いな。私はきみを怒らせるようなことをしたかい？」

「……っ」

拘束を逃れようとしたら、姫抱きに抱き上げられた。

「……っ！　クリス!?」

間近に迫る碧眼《へきがん》には、抗《あらが》う力を失わせる魔力がある。

「……んっ！　や……っ」

口づけであやされながら、寝室へ運ばれる。

広いベッドにそっと下ろされ、上から見下ろすように押さえ込まれる。その肩越しには、満天の星空。地中海の夜空は、太平洋のそれとはやはり少し違う。

「麻人」

甘い声が間近に呼ぶ。

大きな手が麻人の髪を撫《な》で、頬に瞼《まぶた》に唇に、啄《ついば》むキスが落とされる。

悔しいが、こうして甘やかされるうちに、ギスギスしていた気持ちが溶かされて、やがて何が気に食わなかったのかすら忘れてしまうのだ。

「こうやって簡単に懐柔できると思ってるだろ」

「まさか。きみがこの腕から飛び立ってしまわないかと、いつもはらはらしている」

「嘘ばっかり」

「嘘？　ひどいな」

芝居じみた苦笑とともに、落とされる口づけ。本当に腹立たしい。なのに、抱擁も口づけも、すべてが愛《いと》しくてならない。

「……んんっ！」

自ら受け入れ、甘い舌を絡めて応える。

「あ……んんっ！　ダ……メ、まだ……」

「きみのココはやわらかく蕩《とろ》けているよ。いつでも私を受け入れられるように」

「違……っ、あぁ……っ！」

逞しい情欲を埋め込まれ、甘い声を上げて喘《あえ》ぐ。たまらない喜悦が痩身を支配して、麻人は力強い腕のなか、理性を手放す。

「愛しているよ」

耳朶に囁く甘い声。

毎夜、毎朝、ことあるごとに告げられる愛の言葉。

この手からあふれてしまいそうなそれに溺《おぼ》れるのが、何より怖くて、何より気に食わないのだ。


最終寄港地をまえに船を挙げてのパーティーが行われる。だから盛装で参加してほしい。

そう麻人に説明をしたのはバルトだった。そういうバルトも、いつもより華やかな印象のパーティスーツを身に着けている。

朝から、クリスティアーノの姿はなかった。

パーティー用のスーツは、寝室に用意されていた。裾が長めのデザインといい、純白で光沢のある生地といい、まるで昨日見かけた船上挙式カップルの花婿のようだ。

あつらえであることがわかるタイトなシルエット。高級シルクをふんだんに使い、カフスなどの小物類にはダイヤモンドがはめ込まれている。

どこかのブランドの品なのか、有名な仕立て屋にオーダーしたものなのか。だが、麻人は採寸をされた記憶がない。

クリスティアーノが戻ってこないのをいくらか不安に思いながら、しかたなく袖を通す。窮屈感がまったくなく身体に沿う着心地のよさは、さすがとしか言いようがない。

タイピンとカフスにはめ込まれたダイヤモンドの大きさを間近に見て、いったい何カラットあるのかと下世話なことを考えてしまう己の庶民感覚に呆れた。

着替えを終えたところで、バルトが中年の女性を連れてやってきた。ドレッサーの前に座らされ、髪を整えられる。女性は船のヘアサロンに勤める美容師だった。

髪を整えられ、胸元には白薔薇《しろばら》のコサージュ。

「とてもお美しいですわ」

そんな賛辞をかけられても、女性ではないのだから、なんとも返しようがない。

「あ…りがとう、ございます」

頬が熱くなるのを感じながら、かろうじて返した。

恥ずかしかったのは、鏡のなかの自分が、まるで本当に挙式を待つ花婿のように見えたから。友人の結婚式に参列したときのことを想い出したのだ。

馬鹿なことを考えているな……と胸中で自嘲しつつ、バルトに案内されてパーティーの行われるボールルームへ向かう。

観音開きのドアが開けられ、何気なく室内に目をやった麻人は、奇妙な空気を感じ取って、瞳を瞬《また》いた。

自分の前に、道ができている。両側には、着飾った乗客たち。その向こう、祭壇と思しきものの前に立つ、長身。

光沢を放つブラックタキシードの胸元には、麻人と同じ白薔薇のコサージュ。豪奢な金髪と相まって、華やかさは麻人の比ではない。

「ここ……」

驚いて視線を巡らせる。

ボールルームに通じるものだと思っていたドアは、教会のものだった。ゆるり……と目を見開く。

バルトに軽く背を押されて、のろのろと足を踏み出す。

待ち構えるクリスティアーノの微笑みに誘われるように、祭壇の前に立った。

「クリス……これ……」

戸惑いを向ける麻人にニコリと微笑《ほほえ》んで、クリスティアーノはバルトが恭しく運んできたものを、麻人の頭にかぶせる。それは、宝石がちりばめられた純白のベールだった。

「な…っ⁉」

なんだ、これは⁉　と目を瞠《みは》る。

「まぁ、綺麗《きれい》……」と、すぐ近くのご婦人が感嘆を零すのが聞こえて、カッと頰に血が上った。

「な、なんだよっ、これ……っ」

戸惑う麻人の耳に落とされる、端的な答え。

「結婚式」

「……っ⁉」

耳まで一気に熱くなった気がした。

反射的に逃げようとしたら、リーチの長い腕に捕らわれて、広い胸に抱き込まれてしまう。そして、逃がさないとばかりに口づけられた。

衆人環視のなか、濃密に口腔《こうこう》を貪《むさぼ》られて、抗う腕から力が抜ける。集まった参列者のなかから歓声や口笛が上がった。

「クリ…ス……」

「ノーは聞かない。きみに拒否権はないよ」

横暴なセリフが、麻人の胸を高鳴らせる。そうだ。自分はこういう男に惹《ひ》かれてしまったのだ。

さらには、半ば強引に握らされる豪華なブーケ。白と青を基調としたそれは、船上ウェディングのイメージでつくられたに違いない。あるいは、クリスティアーノの瞳の色か。

スーツの胸元に飾られたものが、コサージュではなく、ブートニアだったことにようやく気づいた。

「ウォッホンッ、誓いの口づけには早すぎますぞ、閣下」

神父が、聖書を手に咳《せき》ばらいをする。周囲から、小さな笑いが起きた。

「こんな……だって、伯爵家の名が……」

こんな大勢の前で式など挙げてしまっては、シルヴェストリ家の名に傷がつくのではないかと危ぶむ。

「知らないぞ、どうなったってっ」

シルヴェストリ家の事業に影響が出ようが、闇組織の権勢に陰りが出ようが、自分の知ったことではない。こんな茶番を仕組んだクリスティアーノのせいだと蓮《はす》っ葉《ぱ》に返す。

「私を見くびらないでくれたまえ」

返されたのは、悔しいくらいに余裕の笑みだった。

端正な口元に浮かぶ笑みも、奥に闇を湛《たた》えた碧眼も、この状況を茶化してはいない。本気だと告げている。

今ここにいるのは、《コルサーノ・ファミリー》を率いるクリス・コルサーノではない。イタリア随一の名家シルヴェストリ家の当主だ。経済界の大物だ。

そんな紳士が、同性と挙式しようというのだ。生半可な覚悟ではありえない。

じわじわと胸の奥に温かいものが広がっていく。悔しいことに、自分はこんなものを欲していたのだと気づかされた。

たしかな約束。

表と裏の顔を使い分ける男にとって自分はどういう立場にあるのかと、そんなことが気になって、でもそれを認めるのが悔しかった。

神父に従って、誓いの祝詞を唱え、指輪を交換し、祝福を受けて誓いの口づけを交わす。

色とりどりの花とライスシャワーのなか、乗り合わせた客の祝福を受ける。

船の上では船籍を置くイタリアの法律が適用される。イタリアには、パートナーシップ法があるのだ。そうした法律の適用は、船長権限でなされる。この船長もきっと、組織の息がかかった人物に違いない。

船上デッキに出て、地中海の風に吹かれながら、また口づける。

ブーケトスを求められて、海風に飛ばされてしまわないかと気をつけながら、麻人は高く放り投げた。

ふたりを囲む客の向こうまで飛んだそれが誰の手元に落ちたのか、確認することはかなわなかった。女性たちの高い歓声が聞こえたから、きっと適齢期の女性の手に渡ったのだろう。

手放しで浸れる幸福ではないとわかっている。

闇に染まる覚悟は決めても、それだけで終われるわけがない。

わかっている。

わかっているからこそ、茶番は茶番として、受け入れる。

「このあとは？」

クリスティアーノの腕に抱き上げられながら尋ねる。

「もちろんハネムーンだ」

「もう世界半周したのに？」

シドニーからローマまで、《アドリアクイーン号》の航路の半分ほどを、ともに過ごした。

「では、シルヴェストリの館に招待しよう」

小高い丘の上に立つ代々の館で、ゆっくりと過ごそうと提案される。

「そのあとで、シチリアの農園でブラッドオレンジをごちそうしよう」

クリスティアーノの……いや、少年クリスの育った土地で、噴煙を上げるエトナ山を眺めながら、たわわに実るオレンジをもごうとの誘いに、麻人は目を輝かせた。

「そっちがいい」

クリスティアーノの裡《うち》にひそむ闇を育んだ土地を見てみたい。肌で感じてみたい。

麻人の希望に、クリスティアーノが碧眼を眇《すが》める。その奥に、たしかな闇を宿して。

「パーティーを楽しみたいかい？」

意味深に問われて、麻人は「ふたりきりがいい」と返す。参列客の歓声と口笛に見送られて、スイートルームに連れ戻された。

すでに見慣れた部屋が、いつもとは違う景色に塗り替えられていた。

ベッドルームに敷き詰められた白薔薇の花弁。枕元の花瓶にのみ、真っ赤な剣先の薔薇が活《い》けられている。

噎《む》せ返る薔薇の香りのなか、新婚仕様に飾られたベッドに引き倒され、純白のタキシードを脱がされた。

「……んっ、あ……っ」

深く淡く口づけを交わしながら、互いの着衣に手を伸ばしていたつもりが、いつの間にか自分ひとりが素肌に剝《む》かれていたのだ。

唯一残されたシルクのドレスシャツが腕に引っかかって、自由を奪う。それすら高揚感を煽《あお》るアイテムとなって、麻人はのしかかる逞しい背中に爪を立てた。シャツの前をはだけただけの恋人を咎《とが》めるかのように。

敏感になった肌を大きな手になぶられ、息が上がる。シルクシャツにこすれた胸の飾りがツンと尖《とが》って、ヒリヒリとした痛みと同時に、ジクジクと疼《うず》くような感覚を伝える。

「あ……っ、や……ぁ、んんっ！」

朱に染まる肌に愛撫《あいぶ》を落とされ、ぷくりと尖った胸の突起を吸われて、甘い声が上がる。

腰を抱かれ、間を探られて、自ら誘うようにクリスティアーノの腰に下肢を絡めた。

「いつもよりやわらかいな」

どうしたことだ？　と耳朶に揶揄を落とされる。あんな茶番でしかない船上ウェディングに歓喜しているなんて、知られたくないのに、肉体の反応は隠せない。

「誰…の、せい……っ」

背に爪を食い込ませながら返す。

「私のせい、か？」

さも嬉《うれ》しそうに返されて、「ばかっ」と罵る以外にない。

「ひ……ぁっ！　あぁ……っ！」

可愛《かわい》くない反応を咎めるかのように、いきなり深く突き入れられて、麻人は白い喉を仰《の》け反《ぞ》らせ、甘ったるい悲鳴を上げた。

「あ……んっ、あぁ……っ、い……ぃっ」

感じる場所を的確に抉《えぐ》られ、あふれる喘ぎを止められない。荒々しく揺さぶられて、いつも以上の歓喜が襲う。

「あ……ぁっ、ダメ……っ、クリ…ス……」

ひしっとしがみついて、甘い声で縋《すが》る。

「ダメ？　嘘はいけないな」

荒っぽいのが好きだろう？　と、またも揶揄を落とされて、今度はたまらず、唇に嚙みついた。

「まったく、悪戯がすぎると、昨夜も言ったはずだ」

愉快そうな声。

同時に、腰骨を摑《つか》まれ、ひときわ深く突き入れられる。

「ひ……ぁっ！　——……っ！」

感極まった声。

「あ……ぁっ、……っ」

頂に追い上げられたはずが、麻人の肉体は達していない。歓喜に震える欲望が、淡い反応を示したまま、蜜を迸《ほとばし》らせてはいなかった。

「や……っ、な…に、いや……っ」

怖くなって、ほろほろと涙が頰を濡らす。それをキスで吸い取りながら、クリスティアーノは「ドライでイクのははじめてだったか」と呟《つぶや》いた。

「クリ…ス……？」

自分はどうなってしまったのかと、愛《いと》しい男を見上げる。達したはずなのに、奥が疼いてたまらない。長く引きずるような快感が痩身を支配して、甘い喘ぎを止められない。

「あ……ぁっ、奥……が、……っ」

感じ入った声で縋る麻人を、クリスティアーノは仰臥《ぎょうが》した広い胸に抱き上げ、下からゆるりと突き上げてくる。

「や……んんっ、ダメ……、も……っ」

痩身を瘧《おこり》のように震わせて、すぎた快楽を享受する。

乱れる麻人をあやすように淡い口づけを繰り返しながら、クリスティアーノは逞しい腕で震える背を撫でてくれた。

「愛しているよ、可愛い麻人」

「や……んっ」

「聡明なきみを闇に染めても、連れていく」

麻人の意見は聞かないと、横暴すぎる愛の言葉。

「ひどい男……」

啄む口づけを受け取りながら、それでも麻人は微笑んだ。

間近に見据えるアイスブルーの瞳の奥に潜む闇を見据えながら、腹の奥底から湧く歓喜に身を震わせる。

「いいよ」

自ら快楽を貪りながら、麻人は返した。

唇を触れ合わせる距離で、吐息で囁く。

「この瞳の奥の闇まですべて、見せてくれるなら」

間近に見据えるアイスブルーの瞳に口づけるかに、麻人はクリスティアーノの瞼にそっと唇を押し当てた。

「愛してる」

先に告げられた愛の言葉に、ようやく返す。

十年前、ローマの路地裏で出会った、手負いの獣の爛々《らんらん》と輝く碧眼に囚《とら》われた、あの瞬間から、愛していた。ずっと、ただひとりを、愛しつづけていた。

「ひ……っ、あ……んっ」

体勢を入れ替えられ、心地《ここち》好い重みを全身で受け止める。

左手をとられ、薬指にはめられたリングに落とされるキス。気障《きざ》な仕種に頰が熱くなって、視線を彷徨《さまよ》わせ眉根を寄せる。

尖らせた唇に宥《なだ》めるように啄むキスが落とされて、麻人は誘われるままに唇を開き、深い口づけを受け入れた。

麻人は知らなかったが、ブーケトスは意図せず思いがけない人物の手元に落ちていた。

囲む参列客たちの輪から外れた場所で、須賀は呆れと疲労を隠しもしない顔でよく冷えたビールを呷《あお》っていた。

スツールに腰を下ろして長い脚を組んだその膝の上に、白薔薇のブーケが落ちたのだ。

「……っ！　いらねぇよっ！」

怒鳴って足元に叩きつけたブーケを拾い上げたのはバルトで、須賀は逃げる直前、襟首を掴まれて拘束されていた。

「くそっ、放せっ、エロオヤジっ！」

彼がローマでとんずらすることがかなったか否かは、想像に容易《たやす》い。

あとがき

こんにちは、妃川螢《ひめかわほたる》です。

拙作をお手にとっていただき、ありがとうございます。

今回は、マフィアと潜入捜査官というハード目の設定に、再愛というちょっと切ない過去と豪華客船という華やかさをプラスして、ハード目設定が苦手な方にも楽しんでいただけるように書いたつもりですが、いかがでしたでしょうか。

紳士な攻め様の、ヤンチャだった若かりし頃、というのも、私的に萌えポイントだったりします。バルトさんは、そんな若造の秘めたポテンシャルを、きっとひと目で見抜いたのですね。……なんて書きつつ、出会いの瞬間に何があったのかは、相変わらずなんにも考えてませんけど(笑)。

そのバルトさんにも過去があり、須賀《すが》さんにいたっては、つくった設定のほとんどを描写する隙がありませんでした。残念！

イラストを担当してくださいました蓮川愛《はすかわあい》先生、お忙しいなか素敵なキャラたちをありがとうございました。

制服に拳銃にマリアベールなんて、これ以上ない萌えの宝庫で、ラフを見せていただいたときからニヤニヤが止まりませんでした。

バルトと須賀さんのシーンをもっと見たかったのですが、今回は我慢我慢……。キャラ的にないとは思いますが、万が一その機会をいただけた折には、どうかよろしくお願いいたします。

妃川の今後の活動情報に関しては、ブログをご参照ください。

http://himekawa.sblo.jp/

Twitterアカウントもあるにはあるのですが、システムがまったく理解できないまま、ブログ記事が連動投稿される設定だけして、以降放置されております。いただいたコメントを読むことはできるのですが、それ以外の使い方がさっぱり……。

そんな状態ですが、ブログの更新のチェックには使えると思いますので、それでもよろしければフォローしてやってください。

無反応に見えても、返し方がわからないだけなのだな……と、大目に見てくださいね。

@HimekawaHotaru
皆様のお声だけが執筆の糧です。ご意見ご感想等、気軽にお聞かせいただけると嬉しいです。

それでは、また。どこかでお会いしましょう。

二〇一六年七月吉日　妃川螢

この本を読んでの
ご意見・ご感想を
お寄せ下さい。

〒151-0051
東京都渋谷区千駄ヶ谷4-9-7
(株)幻冬舎コミックス　リンクス編集部
「妃川《ひめかわ》 螢《ほたる》先生」係／「蓮川《はすかわ》 愛《あい》先生」係

リンクス ロマンス

豪華客船で血の誓約を

2016年7月31日　第1刷発行

著者…………妃川《ひめかわ》 螢《ほたる》
発行人…………石原正康
発行元…………株式会社　幻冬舎コミックス
〒151-0051　東京都渋谷区千駄ヶ谷4-9-7
TEL 03-5411-6431（編集）
発売元…………株式会社　幻冬舎
〒151-0051　東京都渋谷区千駄ヶ谷4-9-7
TEL 03-5411-6222（営業）
振替00120-8-767643
印刷・製本所…株式会社　光邦
検印廃止

ISBN978-4-344-83763-8 C0293
Printed in Japan

幻冬舎コミックスホームページ　http://www.gentosha-comics.net

本作品はフィクションです。実在の人物・団体・事件などには関係ありません。